브레이크
아웃

이나래 지음

GAMEBOOK

차례

인터렉티브 스토리북 소개
프롤로그　　　　국립 바이러스 연구소
챕터 1　　　　　중원 남자고등학교
챕터 2　　　　　연구소 탈출
챕터 3　　　　　제주특별자치도청으로 가는 길
챕터 4　　　　　난폭 바이러스 종식을 위하여

당신의 선택이 생존을 좌우한다!

이 책의 결말은 독자의 선택에 따라 하나의 진엔딩과 두 개의 노멀엔딩, 수십 개의 배드엔딩으로 진행됩니다.

평화롭고 아름다운 섬, 제주도를 삼킨 '난폭 바이러스'.

이 바이러스에 감염된 사람들은 폭력적인 성향이 극대화되고 식인까지 하는 기이한 행동을 하는데⋯ 당신은 감염자를 피해 도망치는 생존자로 연구원과 남고생이 되어 생존을 위한 선택을 해야 한다.

'국립 바이러스 연구소'에서 난폭 바이러스를 연구하던 연구원들의 실수로 내부에 바이러스가 퍼진다. 연구원인 해원은 경비원인 현진과 협력해서 백신과 치료제를 가지고 정부 산하 연구소로 가야 한다.

한편 제주도에 수학여행을 온 중원남자고등학교의 학생들은 감염자들을 마주한다. 감염자를 피해 도망치는 이들은 '제주특별자치도청'으로 대피하라는 재난 문자메시지를 받는다. 호텔과 길거리는 이미 감염자가 점령한 상황이다.

어디로 갈 것인가? 누구를 믿을 것인가? 무엇을 포기할 것인가? 선택에 따라 당신은 목적지에 도착할 수도, 감염자와 마주칠 수도 있다. 한 번의 선택이 생존을 결정짓고, 또 다른 선택이 예상치 못한 결말을 만들어 낸다.

과연 해원과 현진은 백신과 치료제를 정부에 전달할 수 있을까? 중원남고 학생들은 제주특별자치도청으로 무사히 도망치는 데 성공할까?

이 책의 주인공은 바로 당신이다.

프롤로그
국립 바이러스 연구소

1 비극의 시작

 제주도 서쪽 해안가에 있는 국립 바이러스 연구소. 국내외에서 발생하는 변이 바이러스에 대응하여 백신과 치료제를 개발하고 있다. 최근 국내에서 발견된 신종 바이러스로 연구원들은 비상사태에 돌입하여 밤낮없이 연구에 매달리고 있었다.

 한 달 전, 애영읍 병원에 입원한 환자의 검사 결과지가 연구소에 도착했다. 1급기밀로 분류된 보안 문서를 확인한 연구원들은 큰 충격에 빠졌다. 한 번도 본 적이 없는 기이한 바이러스였다. 신경 감염성 바이러스 변이로 감염되면 뇌가 비활성화 상태에 빠지고 본능에 따라서 움직였다. 폭력적인 성향이 높아져서 무차별하게 타인을 공격하며 식인까지 하는 엽기적인 행동을 보였다. 연구원들은 이를 '난폭 바이러스'라고 명명했다.

난폭 바이러스는 감염자의 타액이나 혈액이 상처에 닿으면 감염된다. 잠복기가 다르고, 한 명의 감염자가 수십 명의 사람에게 바이러스를 전파할 수 있다는 게 주시할 점이었다. 만약 통제하지 못하는 상황이 온다면 한국은, 아니 전 세계에 큰 위기가 올 게 자명했다.

다행히 연구는 순조롭게 진행됐다. 바이러스에 감염된 환자의 상태 변화를 기반으로 백신과 치료제가 성공리에 개발됐다. 먼저 동물 실험을 시작했다. 감염자의 피를 추출해 개와 원숭이에게 주사하자, 강한 공격성을 띠며 인간과 유사한 반응이 관찰됐다. 치료제를 주입하니 난폭 바이러스가 궤멸하고 전처럼 온순해졌다. 동물 실험을 마쳤으니, 사람에게 실험해 봐야 했다. 그러나 임상시험을 위해선 거쳐야 할 절차가 많았다. 상용화를 위해 몇 년 이상 소요돼야 했다. 그후 감염자에게 치료제를 주사할 수 있다. 치료제가 완벽하지 않다면, 약물이 감염자의 체내에서 어떤 변이를 일으킬지 모르기 때문이다.

연구소 직원들의 의견이 갈렸다. 샘플이라도 먼저 감염자의 치료에 사용해야 한다는 의견과 여러 차례 테스트를 통해 안전성을 확보한 후 사용해야 한다는 의견이 첨예하게 대립했다. 정부는 절차를 중요시하여 후자의 의견에 힘을 실었다. 어차피 감염자는 한명뿐이고 병원에 입원한 상태였다. 그러니 백신과 치료제 상용화를 위한 단계를 천천히 밟자고 했다.

그러나 연구소장 황형기는 의견을 굽히지 않았다. 먼저 감염자에게 치료제를 주사하자고 주장했다. 그러나 정부는 원칙대로 할 것을 명령했다. 결국, 황형기는 돌이킬 수 없는 선택을 하고 만다. 단 한 명뿐인 감염자에게 치료제를 주사할 수 없다면, 자신이 감염자가 되기로 한 것이다.

"치료제가 있으니까 걱정하지 말고 감염자의 피를 내게 주사해."

형기는 의료용 침대 위에 누운 채, 한쪽 팔의 셔츠를 걷어 올렸다. 두려워하는 기색은 보이지 않았다.

"괜찮으시겠습니까? 치료제가 어떤 후유증을 가져올지 아직 모르지 않습니까."

침대 옆에 서 있던 수석 연구원 석해원이 다시 한번

만류했다. 그는 형기의 애제자로 비밀 프로젝트를 함께 할 유일한 연구원이었다.

"내가 누군데! 국립 바이러스연구소 최연소 소장, 황형기야. 난폭 바이러스? 내가 개발한 치료제만 있다면 씻은 듯이 나을 수 있다니까!"

"…이런 식으로 치료제 개발에 성공한다고 해도 공을 제대로 인정받지 못할 수 있습니다."

"알아. 절차를 어기는 미친놈 취급이나 받겠지. 하지만 나 같은 괴짜가 있기 때문에 과학이 발전하는 거야."

침대 위에 결박된 채로 누워있는 형기의 눈은 광기로 번들거렸다. 백날 설득해 봐야 주장을 굽히지 않을 사람이었다. 해원은 감염자의 피를 추출한 주사기를 들었다. 치료제의 효과에 대해서는 형기만큼이나 자신 있었다.

"감염자의 피를 주입하겠습니다."

해원은 형기의 팔뚝에서 가장 도드라지는 핏줄을 찾았다. 솜으로 피부를 소독하고 주삿바늘을 찔러넣었다. 굵은 핏줄을 타고 들어간 감염자의 피가 형기의 핏줄을 타고 들어가 심장을 통해 온몸 구석구석 퍼졌다. 해원은 다 쓴 주사기를 스탠 밧트에 내려놓으며 물었다

"어떠십니까?"

"…흐음…아직은 괜찮은 것 같군."

형기가 크게 숨을 들이마시고 내쉬었다. 해원은 숨을 죽이고 바이탈 사인을 확인했다.

"크읙…"

그때, 형기가 고통스러운 듯 몸을 뒤틀었다. 침대가 흔들릴 정도로 격한 움직임이었다. 난폭 바이러스의 발현 조건은 심장이 완전히 멎어야 한다. 바이러스가 온몸에 퍼지면 다시 생체 활동을 시작한다. 한마디로 죽었다가 다시 살아나는 것이다. 해원은 최초 감염자 검사 기록지를 확인하며 형기의 변화를 살폈다. 한동안 경기하듯이 몸을 뒤틀던 형기의 움직임이 점점 느려졌다. 날뛰던 심박수가 느려지기 시작했다.

"이게 죽어가는 기분인가…"

형기는 숨을 헐떡였지만, 이 상황을 즐기는 것처럼 보였다.

"많이 힘들지 않으십니까?"

"좀 쉬고 있어. 아마 내 심장이 멎을 때까진 시간이 좀 걸릴 모양이니까."

형기는 충혈된 눈으로 해원을 올려다보았다. 충혈된 눈은 난폭 바이러스에 감염되며 나타나는 첫 번째 증상이었다. 잠복기를 거쳐서 바이러스가 활성화될 것이다. 해원은 긴장한 얼굴로 형기를 내려다보았다.

"크으으으!"

흡사 짐승이 울부짖는 것 같은 신음에 해원이 눈을 번쩍 떴다. 침대 옆 의자에 앉아 형기를 관찰하다가 깜빡 잠이 들고 만 것이다. 형기가 몸을 이리저리 비틀자, 침대가 삐걱거리는 소리를 내며 요란하게 흔들렸다. 입에 물려둔 재갈 사이로 침이 흘러나왔다. 충혈된 눈, 피부 위로 올록볼록 튀어나온 시퍼런 핏줄은 바이러스가 완전히 활성화됐음을 알렸다.

해원은 급하게 자리에서 일어나 치료제 냉장고로 달려갔다. 상온에 보관할 수 없어서 각별한 관리가 필요했다. 냉장고 속에서 치료제를 꺼냈다. 쾅! 쾅! 그 사이 형기는 더욱 심하게 발작하기 시작했다.

"주, 주사기…"

해원의 몸이 심하게 떨렸다. 공황장애가 도진 것이다. 숨이 가빠지고, 머릿속은 새하얗게 됐다. 빨리 치료제를 주사해야 한다. 무엇보다 감염자는 연구소장 아닌가. 임상시험도 하지 않은 치료제를 직접 자기 몸에 투약했다는 걸 들키면 징계를 면치 못할 것이다. 아니, 연구직에서 파면되고도 남는다. 해원은 떨리는 손으로 일회용 주사기를 개봉했다.

쾅! 다시 한번 들린 요란한 소리에 들고 있던 주사기를 떨어트렸다. 해원은 고개를 돌려 형기가 누워있는 침대를 확인했다. 억제대를 뜯어낸 두 손이 허공에서 허우적거렸다. 아직 하체를 결박한 억제대가 있어 침대에 몸이 묶인 상황이었다. 해원은 새로운 일회용 주사기를 개봉하고 치료제를 추출했다.

"…후…"

해원은 숨을 고르며 뒤돌아섰다. 형기는 상체를 이리저리 움직이며 사납게 행동했다. 온몸에 시퍼렇게 핏줄이 서 있어서 주삿바늘을 꽂기는 쉽겠지만, 그동안 가만히 있을 리 없었다. 입에 물려뒀던 재갈도 이미 벗어던졌다. 당장이라도 달려들 것처럼 두 팔을 뻗고 입을 벌리고 있었다. 형기의 움직임이 과격해질수록 하체를 붙잡고 있는 억제대가 금방이라도 뜯어질 것 같았다. 더 이상 시간을 지체하면 안 된다. 해원은 주사기를 형기의 발등에 꽂으려고 했다.

"크아아아!"

형기가 입을 크게 벌린 채 해원의 양어깨를 붙잡았다. 뜨거운 숨결이 목에 와닿자 소름이 오소소 돋았다.

"으아아악!"

해원은 한 손으로는 형기의 머리를 밀어내며, 다른 한 손은 주사기를 발등에 꽂으려고 힘을 줬다. 형기가 강한 힘으로 해원의 어깨를 잡아당겼다.

"제기랄!"

압도적인 힘의 차이였다. 해원은 주사기를 든 채로 끌려갔다. 동시에 형기의 하체를 붙잡던 억제대가 뜯어졌다.

"안 돼!"

순식간에 해원의 몸이 바닥을 나뒹굴었다. 형기가 난폭하게 몸 위에 올라탔다.

"여, 연구소장님…"

해원이 형기를 불렀으나, 충혈된 눈동자에는 감정이 깃들어 있지 않았다. 이대로 있다간 물리고 만다. 해원은 정신을 집중했다. 형기가 목을 물기 위해 얼굴을 들이미는 순간, 주사기로 눈을 찔렀다.

"크아아악!"

형기의 고개가 뒤로 젖혀졌다. 눈에 박힌 주사기를 빼

는 사이, 해원이 몸을 일으켜 세워 도망쳤다. 실험실 문을 닫아 가둬두려고 했지만, 그새 형기가 달려 나와 팔을 끼워 넣었다. 우득! 문틈 사이에 낀 뼈가 으스러지는 소리가 들렸다. 다시 열린 문 사이로 기괴하게 부러진 팔을 늘어트리고 서 있는 형기가 보였다. 해원은 얼굴이 하얗게 질린 채로 도망쳤다.

해원을 쫓아가려고 하던 형기가 멈춰 섰다. 킁킁. 굳이 쫓아가지 않더라도 아주 가까운 곳에서 맛있는 인간의 냄새가 진동했다. 형기는 새로운 먹잇감을 찾아 천천히 움직였다.

▶ ········ 18페이지로 이동

2 보안경비팀 오현진

"어, 여기 완전 꿀이라니까. 할 일이 아예 없어! 애초에 이런 외딴곳을 누가 들어오냐고. 돈 버는 피시방이 따로 없다니까."

국립 바이러스 연구소 보안팀 직원 오현진은 모니터를 등지고 앉아 1시간째 친구와 통화 중이었다. 한 달 전, 국립 바이러스 연구소의 특별 채용 공고를 보자마자 입사 지원서를 제출했다. 전역 후 작은 마케팅 회사에 다니던 그는 월급은 쥐꼬리만큼 주면서 업무만 많아 스트레스를 받던 중이었다. 무엇보다 제주도 숙식 제공이 마음에 들었다. 보안팀 특성상 특수부대 출신이라고 우대까지 해줬다. 서류 면접과 대면 면접을 통과하자마자 제주도행 비행기에 몸을 실었다.

국립 바이러스 연구원은 관광지와 제법 거리가 있는 곳에 있었다. 바다와 산으로 둘러싸여 일반인의 발길이 닿지 않는 곳이었다. 연구원만 드나드니 보안에 신경 쓸 것도 없었다. 딱 하나 단점이 있다면 너무 심심하다는 것뿐이었다. 최대한 빨리 업무에 투입됐으면 좋겠다고 해서 업무가 많을 거라고 생각했는데 아니었다. 입사 2주 차, 보안실에서 앉아 핸드폰 게임을 하거나 친구와 통화를 하는 게 하루 일과의 전부였다.

"독서실 갈 거라고? 아, 왜 지금 가. 저녁에 가지. 알았어. 또 전화할게."

현진은 아쉬워하며 전화를 끊었다. 제주도에서 새로운 인연을 만날 거라며 썸도 다 정리했더니 연락할 사람이 없었다.

"아~ 심심해."

핸드폰 게임도 지겨웠다. 뭐 재미있는 일 없나. 예능 방송이라도 보려고 동영상 플랫폼에 접속하자, 요란한 경고음이 울렸다. 연구원들이 위급 시 누르는 비상벨 소리였다.

긴급 상황 발생. 긴급 상황 발생.

기계음으로 안내 방송까지 나왔으나 현진은 전혀 놀라지 않았다. 2주 동안 두 번의 오작동으로 출동했기 때문이다. 실수로 버튼을 누르는 경우가 대부분이었다. 현진은 알람을 끄고 CCTV부터 확인했다. 연구소 구석구석에 설치된 CCTV로 무슨 일이 일어나는지 한눈에 볼 수 있다.

"…어?"

의자에 편히 기대어 앉아있던 현진이 몸을 일으켜 세웠다. 실험복을 입은 연구원들이 같은 연구원을 공격하고 있었다. 곳곳에 배치된 경비원들이 총을 쏴도 끄떡하지 않았다. 마치 아픔을 느끼지 못하는 것처럼 달려들어 물어뜯었다.

현진은 테이블 아래 빨간 버튼을 눌렀다. 위급사항 시, 인근 경찰서에 자동으로 출동 요청 연락이 가는 긴급 버튼이었다. 그리고 방탄조끼를 갖춰 입고 권총을 챙겼다. 국가 시설에서 근무하는 보안직원에게 정식으로 지급된 총기였다. 군대에서 사격 연습이나 해봤지, 실제 상황에서 총을 쏘게 되는 날이 올 줄이야. 현진은 급하게 보안실을 뛰어나왔다.

복도에는 피를 흘리며 쓰러진 연구원들이 많았다. 현진이 CCTV를 보지 않고 친구와 전화하는 동안 많은 부상자가 생긴 것이다.

"망할…"

꿀직장에 들어왔다고 동네방네 자랑했는데 한 달도 안 돼서 잘리게 생겼다. 현진은 쓰러진 연구원들의 상태를 살폈다. 총이나 칼에 의해서 다친 게 아니었다. 목과 팔뚝, 복부, 허벅지에 크고 작은 상처가 보였다. 마치 육식동물에게 물어뜯긴 것과 같았다. 도대체 어디 소속의 테러 단체가 국가 산하 연구소를 습격할 생각을 했을까? 현진은 연구원들에게 다가가 의식을 확인했다.

"괜찮으십니까?"

"으… 으으…"

벽에 기대앉은 연구원의 하얀 실험복은 피로 붉게 물들어 있었다. 정신을 차리지 못하고 고통스러운 신음을 흘렸다. 의료에 대한 지식이 없는 사람이 보더라도 과다출혈로 위험한 상황이었다. 현진은 실험복을 벗겨서 상처를 확인하려고 했다. 순간 눈을 감고 있던 연구원이 눈을 번쩍 떴다.

"!"

당연히 보여야 할 흰자가 보이지 않았다. 피로 물들인 듯 붉은 눈과 마주친 현진은 몸을 움찔거렸다. 저런 눈은 태어나서 처음 봤다.

"크아아악!"

연구원은 기괴한 소리를 내며 현진에게 달려들었다.

"잠시만요! 전 당신을 도와주려고 하는 거예요!"

현진은 연구원의 어깨를 밀어내며 소리쳤으나 소용없었다. 입을 쩌억 벌린 채로 맹렬하게 머리를 들이밀었다.

"씨발! 왜 이러는 거야!"

연구원은 먹잇감을 앞에 둔 맹수처럼 현진에게 달려들었다. 눈만 이상한 게 아니었다. 얼굴을 비롯한 피부에 시퍼런 핏줄이 굵게 서 있었다.

"스테로이드라도 처맞았냐?!"

현진은 약물로 근육을 키운 사람들의 핏줄이 비정상적으로 도드라진다는 걸 떠올렸다. 왜소하고 마른 연구원이 키가 크고 체격도 좋은 현진을 힘으로 누른다는 건 말이 되지 않았다. 지금까지 힘으로 밀려본 적이 없던 그에게 이 상황은 무척 충격이었다.

당신의 선택은?
▶ 일단 버텨본다 ········· 24페이지
▶ 어떻게든 제압한다 ······ 26페이지

3 일단 버텨본다

"시발! 좆같네, 진짜!"

위급한 상황에서도 현진은 현실을 직시했다. 이곳에서 연구원은 절대적인 갑이었다. 일개 보안팀 신입이 주먹을 휘둘렀다가 다치기라도 하면, 뒷감당하기 어렵다. 현진은 이를 악물고 연구원의 어깨를 밀어냈다.

"좋은 말 할 때 꺼져!"

현진의 협박에도 연구원은 눈 하나 깜빡하지 않았다. 오히려 입을 크게 벌리며 더욱 위협적으로 다가왔다.

"무슨 힘이 이렇게…!"

현진은 연구원의 어깨를 잡고 밀어내기에 벅찼다.

"캬아아악!"

연구원의 목을 조르며 밀어냈지만 역부족이었다. 가까이서 보고 싶지 않은 얼굴이 점점 다가왔다. 권총집에 넣어둔 권총을 꺼내고 싶어도 옴짝달싹할 수 없었다. 양손으로 간신히 연구원을 막고 있어서, 한 손이라도 빼는 순간 힘의 균형이 무너져 덮쳐질 것이다. 시간이 지날수록 현진에게 불리했다. 힘이 빠지는 현진과 달리 연구원은 오히려 힘이 세졌다. 벌린 입에서 침이 줄줄 흘렀다. 동등한 인간이 아니라 맛있는 음식을 눈앞에 두고 있는 것처럼 말이다.

현진의 오른쪽 손목이 꺾이고 연구원은 목을 물어뜯었다. 우득! 목덜미가 불에 덴 듯 후끈했다. 말로 형용할 수 없는 고통에 연구원의 목을 잡았던 손을 떼고 물린 곳을 감쌌다.

"크으으!"

연구원은 더 이상 가로막는 게 없어지자 거침없이 현진을 물어뜯었다.

"아아악!"

현진의 퍼덕이던 팔과 다리가 추욱 늘어졌다.

▶ 배드엔딩, 빠른 상황 판단이 필요해

4 어떻게든 제압한다

현진은 힘겨루기 하는 시간이 길어질수록 불리해진다는 걸 본능적으로 깨달았다. 상대는 미치광이였다. 어떻게든 제압하는 게 중요했다. 현진은 권총을 쥔 손으로 연구원의 머리를 내려쳤다. 퍽! 소리가 날 정도로 강하게 쳤으나 끄떡도 하지 않았다. 오히려 더 머리를 쳐들고 들이댔다.

"연구실만 처박혀있더니 실성했나…!"

현진은 연달아 후두부를 내려쳤지만 소용없었다. 급소를 맞아도 아무렇지 않다니, 상식적이지 않았다. 결국 현진은 빠르게 뒤로 물러나 권총을 장전하고 소리쳤다.

"가만히 있어! 안 그러면 쏜다!"

총을 들고 경고해도 연구원은 막무가내로 달려들었다. 탕! 허벅지를 향해 총을 쐈다.

"크아아악!"

연구원은 총상을 입었음에도 아랑곳하지 않고 달려들었다. 탕! 총알이 어깨를 관통해도 좀비같이 전진했다.

"씨발, 도대체 어떻게 된 거야!"

그렇다고 총을 연구원의 머리나 심장에 겨눌 수는 없는 노릇이었다. 현진은 도망치기로 마음먹었다. 긴 복도의 중간에는 실험실로 가는 출입문이 있었다. 현진은 카드키로 문을 열고 들어가, 미치광이 연구원이 들어오기 전에 닫았다.

쿵! 연구원은 속도도 줄이지 않은 채 달려오더니 몸을 문에 부딪쳤다. 평범한 사람이라면 팔과 다리가 으스러질 정도로 강한 충격이었다.

"그런다고 철문이 부서지겠냐?"

현진은 문에 기대고 서서 비웃었다. 계란으로 바위 치기였다. 몇 번 더 몸을 부딪치더니 조용해졌다. 현진은 미리카락을 쓸어 넘겼다. 땀방울이 후드득 바닥으로 떨어졌다. 난생처음 느껴본 공포였다. 테러범이 난입한 줄 알았는데, 연구원의 폭동이었을 줄이야. 마약이라도 한 걸까? 이제 어떻게 해야 할까? 경찰은 언제 올까? 현진은 머릿속이 복잡했다.

끼이익. 철문이 열리는 소리가 들리자, 현진의 몸이 크게 움찔거렸다. 실험실과 로비를 연결하는 복도로 연구원과 직원을 제외하고 함부로 드나들지 못했다. 외부인이 아니라고 안심할 수 없었다. 내부 관계자라도 방금 본 연구원처럼 공격할지도 모른다. 체력 소모가 커서 자칫 잘못하면 목숨이 위험할 수도 있다. 현진은 벽의 코너에 붙어서 침입자를 확인했다. 피로 물든 실험복을 입은 채 힘없이 걸어오는 인영(人影)이 보였다. 헝클어진 머리카락 때문에 얼굴이 보이지 않았다.

당신의 선택은?
▶ 바로 제압한다 ······ 30페이지
▶ 조금 더 지켜본다 ··· 36페이지

5 바로 제압한다

탕! 현진은 망설이지 않고 총을 쐈다. 이런 상황에서 고민은 사치였다.

"아악!"

날카로운 비명이 복도에 울려 퍼졌다. 그는 힘없이 바닥으로 쓰러졌다. 아까 보았던 연구원과는 다른 반응이었다. 현진은 조심스레 다가가며 동태를 살폈다.

"헉…"

바닥에 쓰러진 남자의 얼굴을 확인한 현진이 헛숨을 들이마셨다. 하고많은 사람 중 이 사람일 줄이야. 연구소장이 각별하게 아낀다고 소문이 자자한 엘리트 연구원, 석해원이었다. 첫인상은 나쁘지 않았다. 남자치고 예쁘장하게 생긴 외모로 여자에게 인기가 많겠다고 생각했는데, 문제는 성격이었다. 예민하고 까탈스러워서 다른 경비원들 사이에서도 유명인사였다. 연구소 내에 반입이 금지된 위험물을 가져오거나, 출입이 통제되는 실험실에 제멋대로 드나들어서 몇 번 마찰을 일으켰다. 경비원들은 교육받은 대로 제지했다가 오히려 경고받았다. 연구소장의 예쁨을 받으니 무슨 짓을 해도 해원은 예외였다. 그걸 몰랐던 현진은 몇 차례 해원과 말다툼했다. 이런 상황에서 만나고 싶지 않은 연구원 1순위였다. 그런 사람에게 총을 쏘았으니, 연구실이 뒤집어질 일만 남았다.

"연구원님. 괜찮으세요?"

해원은 파리하게 질린 얼굴로 현진을 올려다보았다. 경비원 따위가 연구원에게 총을 쐈다고 노발대발할 줄 알았지만, 오히려 초연했다.

"비상사태예요. 연구소 내 바이러스가 퍼졌어요."

"바이러스요?"

현진의 눈이 휘둥그레졌다. 해원은 마른침을 삼키고 입을 열었다.

"아직 외부에 공개되지 않은 변이 바이러스예요. 감염되면 극도의 폭력성을 보여서 '난폭 바이러스'라고 부르고 있어요."

그제야 현진은 방금 만났던 연구원이 이상 행동을 한 게 이해됐다. 그건 마치…

"난폭하기도 하지만… 좀비 같던데요."

현진은 터무니없는 말을 내뱉은 거 같아서 눈치를 살폈다. 연구원 앞에서 무식한 소리를 한 것 같아서 입단속했다. 해원은 비웃지 않고 고개를 끄덕이며 동조했다.

"…비슷해요. 극한의 도파민이 분비되면 식인까지 하니까요. 감염자의 타액이나 혈액을 통해 바이러스가 전파되죠. 20분도 안 되는 시간 동안 연구소의 많은 직원이 감염됐어요."

연구소가 통제 불가능 상태에 빠지기까지 긴 시간이 필요하지 않았다. 잠복기가 길었던 형기와 다르게 거의 바로 난폭 바이러스가 활성화되는 사람도 있었기 때문이다. 지금 정신을 잃고 쓰러진 연구원들도 언제 변할지 모른다. "이제 어떻게 해야 하죠?"

사건의 시작을 알 리 없는 현진은 모든 게 자신의 책임인 것 같아서 마음이 무거웠다. 빠른 대응을 하지 못해 이 지경에 이르렀다고 생각했다.

"…감염자들이 절대 연구소 밖으로 나가지 못하게 해야 해요. 난폭 바이러스가 제주도 전역으로 퍼지면 그땐 정말 감당할 수 없어요."

"가능할까요? 힘도 세고 엄청 빠르던데요."

현진은 머리카락을 쓸어 넘기며 물었다. 아까 마주했던 연구원은 다시 보고 싶지 않을 정도로 강했다.

"일단 방화벽을 닫고, 1팀 소속 연구원을 찾아 모아주세요. 우리 팀만이 난폭 바이러스에 대응할 수 있어요."

"1팀 소속 연구원분들을 어떻게 찾죠? 얼굴도 모르는데요."

현진은 아직 연구소 직원들의 얼굴을 익히지 못했다. 1팀이라는 걸 알기 위해서 일일이 목에 걸린 아이디카드를 확인하는 수밖에 없었다.

"마음 같아서는 같이 가고 싶은데… 내 다리가 이렇게 돼서요."

해원은 고갯짓으로 다리를 가리켰다. 총에 맞은 다리에서 피가 솟아났다. 현진은 자신의 선택을 후회했지만 이미 늦었다.

"같이 움직이는 게 오히려 핸디캡이에요. 나는 여기에 몸을 숨기고 있을 테니 실험실 쪽을 한 번 확인해 주세요. 아마 그곳에 있을 거예요."

"…네. 빨리 다녀올게요."

현진은 해원을 두고 몸을 일으켜 세웠다. 혼자서 움직이려면 시간이 없었다.

▶ ········ 40페이지로 이동

6 조금 더 지켜본다

 현진은 총을 겨누며 조심스레 남자에게 다가갔다. 이상 징후를 보이면 그때 움직이기로 한 것이다.
 "멈춰!"
 현진이 소리치자, 걸어오던 남자는 멈춰 서서 손을 들었다. 방금 만났던 미치광이 연구원과 달랐다. 현진은 그제야 얼굴을 제대로 보았다.
 "아…"
 남자의 얼굴을 확인한 현진이 헛숨을 들이마셨다. 하고많은 사람 중 이 사람일 줄이야. 연구소장이 각별하게 아낀다고 소문이 자자한 엘리트 연구원, 석해원이었다.

첫인상은 나쁘지 않았다. 남자치고 예쁘장하게 생긴 외모로 여자에게 인기가 많겠다고 생각했는데, 문제는 성격이었다. 예민하고 까탈스러워서 다른 경비원들 사이에서도 유명인사였다. 연구소 내에 반입이 금지된 위험물을 가져오거나, 출입이 통제되는 실험실에 제멋대로 드나들어서 몇 번 마찰을 일으켰다. 경비원들은 교육받은 대로 제지했다가 오히려 경고받았다. 연구소장의 예쁨을 받으니 무슨 짓을 해도 해원은 예외였다. 그걸 몰랐던 현진은 몇 차례 해원과 말다툼했다. 이런 상황에서 만나고 싶지 않은 연구원 1순위였다.

"연구원님. 괜찮으세요?"

해원은 파리하게 질린 얼굴로 현진을 바라보았다. 경비원 따위가 연구원에게 총을 겨눴다고 노발대발할 줄 알았지만, 오히려 초연했다.

"비상사태예요. 연구소 내 바이러스가 퍼졌어요."

"바이러스요?"

현진의 눈이 휘둥그레졌다. 해원은 마른침을 삼키고 입을 열었다.

"아직 외부에 공개되지 않은 변이 바이러스예요. 감염되면 극노의 폭력성을 보여서 '난폭 바이러스'라고 부르고 있어요."

그제야 현진은 방금 만났던 연구원이 이상 행동을 한 게 이해됐다. 그건 마치…

"난폭하기도 하지만… 좀비같던데요."

현진은 터무니없는 말을 내뱉은 거 같아서 눈치를 살폈다. 연구원 앞에서 무식한 소리를 한 것 같아서 입단속했다. 해원은 비웃지 않고 고개를 끄덕이며 동조했다.

"…비슷해요. 극한의 도파민이 분비되면 식인까지 하니까요. 감염자의 타액이나 혈액을 통해 바이러스가 전파되죠. 20분도 안 되는 시간 동안 연구소의 많은 직원이 감염됐어요."

연구소가 통제 불가능 상태에 빠지기까지 긴 시간이 필요하지 않았다. 잠복기가 길었던 형기와 다르게 거의 바로 난폭 바이러스가 활성화되는 사람도 있었기 때문이다. 지금 정신을 잃고 쓰러진 연구원들도 언제 변할지 모른다. "이제 어떻게 해야 하죠?"

사건의 시작을 알 리 없는 현진은 모든 게 자신의 책임인 것 같아서 마음이 무거웠다. 빠른 대응을 하지 못해 이 지경에 이르렀다고 생각했다.

"…감염자들이 절대 연구소 밖으로 나가지 못하게 해

야 해요. 난폭 바이러스가 제주도 전역으로 퍼지면 그땐 정말 감당할 수 없어요."

"가능할까요? 힘도 세고 엄청 빠르던데요."

현진은 머리카락을 쓸어 넘기며 물었다. 아까 마주했던 연구원은 다시 보고 싶지 않을 정도로 강했다.

"일단 방화벽을 닫고, 1팀 소속 연구원을 찾아 모아 주세요. 우리 팀만이 난폭 바이러스에 대응할 수 있어요."

현진은 고개를 끄덕였다. 불안한 상황 속, 서로의 존재가 큰 의지가 됐다.

▶ · · · · · · · · 44페이지로 이동

7 위험한 단독 행동

"도대체 어디 있는 거야!"

현진은 달려드는 감염자를 밀어내며 아이디카드를 확인했다. '연구 4팀 김철수'. 이번에도 아니었다. 해원의 말대로 연구소는 이미 감염자들로 넘쳐났다. 10분 동안 돌아다니면서 미감염자는 한 명도 보지 못했다. 달려드는 감염자를 따돌리느라 힘에 부쳤다. 내부 센서가 고장 나서 방화벽을 닫지 못했다.

이 상황에서 1팀 연구원을 찾을 수 있나? 만약 다른 미감염자를 찾아도 무조건 1팀 연구원만 데려가야 하나? 현진은 머릿속이 복잡했다. 감염자들이 달려드니 차분하게 생각할 틈이 없었다. 현진은 일단 해원이 있는 곳으로 돌아가기로 했다.

다시 돌아온 복도에는 길게 핏자국이 나 있었다. 불안함이 엄습했다. 현진은 빠르게 해원이 있는 곳으로 뛰어갔다. 해원의 실험복이 흐트러져 있었다. 옷 사이로 보이는 어깨에는 잇자국이 선명했다.

"저, 정신 차려요. 물린 거예요?"

현진은 해원을 흔들어 깨웠다. 사건이 발생하고 만난 유일한 미감염자였다. 잠시 자리를 비운 사이 물려서 감염자가 된다는 건 생각하고 싶지 않았다. 해원이 눈을 뜨자, 충혈된 눈이 보였다. 이미 감염된 것이다.

"하… 하하하…"

현진은 웃음을 터트렸다. 희망이 사라졌다. 해원이 목에 손을 둘러 끌어당기자, 반항하지 않고 끌려갔다. 살기 위해 발악하고 싶지 않았다. 감염자밖에 없는 연구소. 이곳에서 어떻게 살아 나갈 수 있을까? 차라리 빨리 감염되는 게 나을지도.

콰득! 콰드득! 현진은 해원이 물어뜯는 대로 가만히 있었다.

▶ 배드 엔딩, 섣부른 행동은 금지

챕터 1
중원 남자고등학교

8. 제주도 수학여행

 비행기 창문 밖으로 푸른 하늘과 솜사탕 같은 구름이 보였다. 제주도로 수학여행을 떠나는 중원 남자고등학교 2학년 학생들은 인증사진을 찍기 위해 핸드폰을 꺼내 들었다.
 "인증사진은 못 참지요~"
 "야, 비켜 봐! 나도 찍을래!"
 복도쪽 좌석에 앉은 학생들이 자리에서 일어나 부산스럽게 움직였다. 일반 승객들이 인상을 찌푸리며 눈을 흘기자, 제일 앞자리에 앉아 있던 담임 선생 고민준이 일어났다.

"얘들아. 조용히 좀 하자."

학생들은 들은 체도 하지 않고 떠들었다. 민준은 그중 가장 시끄러운 무리로 다가갔다.

"그래서 내가 어떻게 했냐면 말이야,"

"야. 조용히 하라고 했지?"

신이 나서 떠들던 양건하는 민준에게 헤드록이 걸려 컥컥거렸다. 시뻘겋게 얼굴이 달아오른 건하는 그의 팔뚝에 탭을 쳤다. 그제야 목을 누르던 우람한 팔뚝에 힘이 풀렸다.

"아, 쌤~ 다른 애들도 떠드는데요!"

본보기로 혼난 건하가 볼멘소리를 냈다.

"네 목소리가 제일 커. 공공장소에서는 남들에게 피해끼치지 말라고 했지?"

"아! 알겠다고요."

"알겠다고요? 말 예쁘게 안 하냐?"

민준이 다시 팔뚝에 힘을 주자, 건하가 재빨리 탭을 치며 말했다.

"알겠습니다. 조용히 할게요."

그제야 민준은 헤드록을 풀었다. 시끄럽게 떠들던 학생들도 눈치를 보며 자리에 앉았다.

"사고 치지 말고 조용히 가자."

민준은 다시 한번 학생들을 단속하고 자리로 돌아갔다. 제일 뒷자리에 앉은 송윤우는 이들의 모습을 조용히 지켜봤다. 민준의 경고는 효과가 있었다. 시끄럽게 떠드는 대신 안대를 쓰고 토막잠을 청하거나, 과자를 먹는 친구들이 보였다. 민준의 뒤에 앉은 박준호는 미리 다운로드해 온 격투 대회 영상을 시청하고 있다. 윤우는 목 위에 걸쳐두었던 헤드폰을 다시 썼다. 비행기 창문 밖으로 보이는 구름을 보며 노래를 재생했다. 가족여행으로 몇 번 와보았던 제주도였지만, 기분이 설렜다. 재미있는 수학여행이 될 것 같았다.

▶········ 48페이지로 이동

9. 제주공항

 제주공항 2번 게이트 문이 열리고 교복을 입은 학생들이 쏟아져 나왔다.
 "성원고는 해외로 수학여행 간다는데 우리는 왜 제주도야?"
 2반 반장 세욱이 캐리어를 끌며 볼멘소리를 냈다. 일부 학생들은 수학여행지가 해외가 아니라는 것에 불만을 표했다. 윤우는 투덜거리는 친구들을 힐끗 보고 고개를 돌렸다. 그는 수학여행지가 마음에 들었다. 길가에 심어진 야자수와 돌하르방을 보니 육지가 아니라는 게 실감 났다.

"한눈팔지 말고 잘 따라와."

민준은 학생들을 통솔하며 주차장으로 향했다. 관광버스가 학생들을 태우기 위해 일렬로 주차되어 있었다. 운전기사가 버스에서 내려 하단 트렁크를 열자, 민준은 제일 먼저 캐리어를 트렁크에 넣었다.

"캐리어 싣고 한 명씩 버스에 타."

학생들은 일렬로 서서 운전기사의 도움을 받아 캐리어를 트렁크에 실었다. 윤우도 캐리어를 실은 후, 버스에 올라탔다. 이미 짝을 지은 친구들을 제외하고, 옆자리가 비어 있는 곳을 찾았다. 윤우의 눈에 혼자 앉아 있는 두 명의 친구가 보였다.

누구와 앉을까?
▶ 전교 1등 최인재 ······· 50페이지
▶ 종합격투기 선수 박준호 ··· 52페이지

10 전교 1등 최민재

"옆에 자리 있어?"
"아니. 없긴 한데…"
민재는 꺼림직한 표정을 지으며 옆자리에 올려둔 가방을 치웠다. 사실 그는 윤우를 별로 좋아하지 않았다. MMA 아마추어 선수로 활약하던 윤우는 어깨 부상으로 운동을 그만두고 공부를 시작했다. 공부도 체력이 중요하다는 말을 증명하듯이 반에서 하위권에 머물던 그는 반년 만에 전교 상위권으로 껑충 뛰어올랐다. 그러니 민재에게는 견제 대상이 될 수밖에 없었다.
"너 학원 몇 군데 다닌다고 했지?"

"논술학원 하나."

민재는 이미 여러 번 같은 질문을 했고 윤우의 대답도 같았다.

"…진짜 하나만 다니는 거 맞아?"

"어. 맞는데."

윤우는 급격한 피로를 느끼며 관자놀이를 지그시 눌렀다. 원래 이런 성격이라는 걸 잠시 잊었다. 다른 자리에 옮기려고 고개를 돌려보니, 준호의 옆자리도 이미 채워져 있었다.

"난 이번에 새로 과외를 시작했어. 서울대 경제학과 수석 입학생이래."

"그렇구나…"

윤우는 영혼 없이 대답하며 의자에 깊숙이 기대 눈을 감았다. 그제야 민재는 입을 다물었다.

▶ ……… 54페이지로 이동

11 종합격투기 아마추어 선수 박준호

"옆에 자리 있어?"

"아니. 앉아."

준호는 힐끔 윤우의 얼굴을 쳐다보고 옆자리에 올려둔 가방을 치웠다. 두 사람은 과거 같은 체육관에 다녔다. 밴텀급(61kg 미만)인 윤우는 웰터급(77kg 미만)의 준호를 링 위에서 만날 일이 없었다. 아주 친한 사이는 아니지만 시합에 출전할 때 관장님의 차를 타고 같이 이동하곤 했다. 윤우가 어깨 부상으로 운동을 그만둔 후로 얼굴 볼 일이 줄어들었지만.

"얼마 전에 대회 나간 거 봤어. 잘하더라."

윤우의 취미는 주짓수, MMA와 같은 종합격투기 영상을 보는 것이었다. 얼마 전 준호가 도에서 개최한 아마추어 대회에서 우승한 것도 봤다.

"너도 운동 계속했으면 같이 시합에 나갔을 텐데. 어깨는 좀 어때?"

"만성이야. 평생 못 고친다고 하더라. 이제 공부하려고."

윤우는 오른쪽 어깨를 가볍게 돌리며 말했다. 운동을 못하게 돼서 아쉽지 않다면 거짓말이겠지만 다행히 공부도 적성에 잘 맞았다.

"공부하는 것도 신기하다. 난 해도 안 되던데."

"다행히 공부머리가 있었나 봐."

윤우는 어깨를 으쓱했다. 아까 준호가 보았던 대회 영상이 떠올랐다.

"야, 저번 주 로드FC 봤냐?"

"당연히 봤지. 내가 제일 좋아하는 황두호 선수가 나왔잖아."

MMA라는 공통 주제로 두 사람은 한동안 이야기를 나눴다.

▶ ········ 54페이지로 이동

12 체험활동

학생들을 태운 관광버스는 복잡한 시내를 벗어나 한적한 도로를 달렸다. 요란한 알림음이 동시다발적으로 울렸다.

[재난문자] 제주도 애영읍에서 묻지마 폭행 발생. 범행 후 도주하여 경찰이 수사에 착수했으니 시민 여러분의 각별한 주의를 요합니다.

재난문자를 확인한 민준은 마이크를 들고 자리에서 일어났다.

"하필 우리가 있는 애영읍에 이상한 놈이 있는 거 같으니 조심하도록."

"묻지마 폭행? 이런 놈들은 나한테 걸리기만 하면! 아오!"

건하가 섀도복싱을 하며 설치자, 민준이 손날로 목뒤를 내려치며 진정시켰다.

"설치지 말고 조용히 있자. 알았지?"

"네~"

학생들은 우렁차게 대답했다.

"이제 체험활동을 할 거야. 종이를 나눠줄 테니, ATV와 유람선 둘 중 하나를 골라서 적어서 제출해."

앞자리에 앉은 윤우는 제일 먼저 체험활동 신청서를 받았다.

당신의 선택은?
▶ ATV 체험 ······· 56페이지
▶ 유람선 체험 ······· 62페이지

13 ATV 체험

"너도 ATV 탈 거냐?"

"어. 남자끼리 유람선 타서 뭐해."

체험활동 신청서를 받은 준호는 윤우와 똑같이 ATV 체험에 체크했다. 그는 신청서를 뒤로 넘긴 후 의자에 등을 기대며 말했다.

"내가 너는 쉽게 제칠 듯."

"난 어깨 부상을 당한 거지, 운전을 못하는 게 아니거든?"

"뭐래~ 운전면허증도 없는 게."

"그건 너도 마찬가지잖아."

윤우가 반박하자 준호는 흥미로운 얼굴로 제안했다.

"그럼 내기할래? 진 사람이 이따가 기념품숍에서 쏘기."

"나에게 그렇게 선물을 주고 싶냐?"

"무슨~ 나야말로 용돈 다 털어서 선물을 사준다니 고맙지."

두 사람은 이기고야 말겠다는 의지로 불타올랐다.

* * *

여러 대의 ATV가 울퉁불퉁한 길을 달리며 먼지바람을 일으켰다. 선두에 선 사람은 윤우와 준호였다. 두 사람은 둘레길 코스의 끝까지 제일 먼저 도착하는 걸 내기로 걸었다. 윤우의 눈앞에 갈림길이 보였다.

당신의 선택은?
▶ 오른쪽 · · · · · · · · · · 58페이지
▶ 왼쪽 · · · · · · · · · · · 60페이지

14 오른쪽

"앞으로 형님한테 깝죽거리지 마라."
 윤우는 의기양양한 목소리로 말했다. 준호보다 먼저 목적지에 도착했다.
 "야. 솔직히 말해. 너 지름길 알고 있었지?"
 준호는 의심의 눈길을 보내자, 윤우는 즉각 반박했다.
 "내가 어떻게 아냐?"
 "근데 어떻게 지름길로 가냐고!"
 준호는 윤우와 반대편의 길로 갔다. 그가 선택한 길은 돌아가는 루트였다. 윤우는 한껏 으스대며 말했다.

"하늘은 내 편이라서 그런다, 왜? 아무튼 이따가 잊지 말고 기념품 쏴라."

"알았어, 인마."

준호는 순순히 고개를 끄덕였다.

▶········66페이지로 이동

15 왼쪽

"내가 뭐라고 했냐? 너는 제친다고 했지?"

준호는 승리의 미소를 지었다. 간발의 차이로 목적지에 늦게 도착한 윤우가 아쉬움 가득한 목소리로 말했다.

"몇 초 차이 안 났어."

"그래도 진 건 진 거지. 내 돈 주고 기념품 사기 싫었는데 고마워~"

준호는 윤우의 어깨에 손을 올리며 여유를 부렸다.

"오천 원 밑으로 골라."

"요즘 물가에 오천 원 밑으로 뭘 사냐? 최소 만 원은 돼야지."

"이런 건 원래 사주는 사람 마음인 거 모르냐? 아니면 미리 금액을 정했어야지."

"치사한 새끼."

준호가 가볍게 잽을 날리자, 윤우가 고개를 숙여 피했다.

"어쭈. 아직 실력 녹슬지 않았다, 이거냐?"

"스피드와 민첩성은 내가 한 수 위였잖아."

윤우가 스텝을 밟으며 여유를 부렸다. 준호는 섀도복싱으로 받아주며 놀았다.

▶ ········ 66페이지로 이동

16 유람선 타기

"너 유람선 타려고?"

윤우가 체험활동 신청서에 유람선을 적자, 준호가 의외라는 듯이 물었다.

"어. 왜?"

"…노잼이지 않냐?"

"물멍 때리면 시간 엄청 잘 가는데."

준호는 체험활동 신청서에 ATV를 적은 후 뒤로 넘겼다.

"난 가만히 있으면 답답하던데. 시원하게 달리고 와야지."

"그래. 재미있게 타고 와라."

윤우는 가타부타 말을 얹지 않고 창밖의 풍경으로 시선을 돌렸다.

* * *

"와씨, 갈매기 존나 많아."

유람선 갑판 위로 나온 중원 남자고등학교 학생들은 모두 새우과자를 들고 서 있었다. 갈매기가 날아와 새우과자를 채가면 호들갑을 떨며 좋아했다. 윤우도 새우과자를 든 손을 높이 들고 갈매기를 유혹했다.

"송윤우. 여기 봐."

건하가 핸드폰 카메라앱을 실행하며 말했다. 윤우는 자연스레 포즈를 취했다. 찰칵, 찰칵. 몇 차례 촬영 버튼을 누른 건하는 사진첩에 들어가 사진을 확인했다.

"오. 개잘나왔어."

"괜찮네."

윤우가 사진을 확인하며 고개를 끄덕였다. 건하는 자신의 핸드폰을 건네며 말했다.

"나도 찍어 줘. 차은욱처럼 보이게."

"그건 성형외과 의사가 와도 못해."

건하는 가운뎃손가락을 들어 올렸다. 윤우도 똑같이 가운뎃손가락을 보여준 후, 사진을 찍기 시작했다.

▶ ········ 66페이지로 이동

17 저녁 식사

 두 그룹으로 나눠서 체험활동을 마친 학생들은 저녁을 먹기 위해 로컬 식당으로 모였다. 제주도 향토 음식인 몸국을 파는 전문점이었다. 학생들은 뚝배기에 담겨 나온 몸국을 보며 한마디씩 했다.
 "몸국? 이름이 이상하지 않냐?"
 "야, 일단 먹어봐. 존맛이야."
 "넌 맛없는 게 없잖아."
 "아씨. 진짜라니까."
 밥투정을 부리던 학생들도 몸국을 한 입 먹어보곤 눈이 휘둥그레져서 전투적으로 숟가락질을 했다. 한창 성

장기인 청소년들은 순식간에 뚝배기 한 그릇을 비웠다. 윤우도 만족스럽게 식사를 마치고 배를 두드렸다. 후식으로 준 귤을 까먹으며 둘러보다가 대각선 테이블에 앉은 커플에게 시선이 갔다. 그리 더운 날씨도 아닌데 남자는 땀을 뻘뻘 흘리고 있었다. 음식 때문에 흘린 땀이라고 보기엔 표정이 너무 안 좋았다. 그는 연신 땀을 닦아내더니 까무룩 기절하며 바닥으로 쓰러졌다. 앞에 앉아 있던 여자가 깜짝 놀라 소리쳤다.

"자기야, 왜 그래?!"

윤우는 바닥에 쓰러진 남자를 내려다보았다.

당신의 선택은?

▶ 남자를 돕는다 ····· 60페이지
▶ 가만히 있는다 ····· 70페이지

18 남자를 돕는다

"괜찮으세요?"

윤우는 바닥에 쓰러진 남자에게 다가가 부축했다. 정신을 잃은 남자의 몸을 가볍게 흔들자 의식이 돌아왔다.

"…잠시 어지러워서…"

남자가 감은 눈을 느리게 떴다. 윤우는 흠칫 놀랐다. 흰 자가 보이지 않을 정도로 충혈돼 있었다. 목에는 무언가에 긁힌 듯 붉은 생채기가 나 있었다.

"…눈이 너무 빨간데… 병원 가보셨어요?"

"…피곤해서 그래요."

남자는 비틀거리며 몸을 일으켜 세웠다. 카운터를 보

던 가게 주인도 깜짝 놀라 달려왔다. 음식에 문제가 있을까 봐 걱정하는 얼굴이었다.

"손님, 어디 아프세요?"

"아뇨. 이제 괜찮아요… 현기증이 나서요."

남자는 사람들의 이목이 쏠리자 민망한 듯, 자리에서 벌떡 일어났다. 여자는 그를 부축하며 물었다.

"자기야, 진짜 괜찮아? 운전할 수 있겠어?"

"괜찮아. 다 먹었으면 나가자."

남자는 도망치듯 가게를 나갔다. 윤우는 그들의 뒷모습을 가만히 지켜봤다.

▶ ········ 72페이지로 이동

19 가만히 있는다

 윤우는 나서지 않기로 했다. 주변에 어른이 많아서 굳이 학생이 나설 필요가 없었다. 카운터를 보던 가게 주인이 깜짝 놀라 달려왔다. 음식에 문제가 있을까 봐 걱정하는 얼굴이었다.
 "손님, 어디 아프세요?"
 "아뇨. 이제 괜찮아요… 현기증이 나서요."
 남자는 사람들의 이목이 쏠리자 민망한 듯, 자리에서 벌떡 일어났다. 여자는 그를 부축하며 물었다.
 "자기야, 진짜 괜찮아? 운전할 수 있겠어?"
 "괜찮아. 다 먹었으면 나가자."

남자는 도망치듯 가게를 나갔다. 윤우는 그들의 뒷모습을 가만히 지켜봤다.

▶ ········ 72페이지로 이동

20 기념품숍

▶ 체험활동으로 유람선을 선택했다면
　　　　　　　・・・・・・・・・・・・・・・ 73페이지

▶ 체험활동으로 ATV를 선택하고
　준호와 내기에서 이겼다면 ・・・・・ 74페이지

▶ 체험활동으로 ATV를 선택하고
　준호와 내기에서 졌다면 ・・・・・・ 76페이지

21 기념품 구입

식사를 마친 윤우는 바로 옆에 있는 기념품숍에 들렀다. 엽서, 마그넷, 키링, 폭죽 등 다양한 물건이 진열되어 있지만, 딱히 끌리는 게 없었다. 그렇지만 빈손으로 돌아가긴 싫었다.

"이거나 살까?"

윤우는 우도 땅콩 초콜릿 세트를 집어 들었다. 디저트를 좋아하는 엄마를 위한 선물이었다.

▶ ········ 78페이지로 이동

22 내기의 승자

 식사를 마치고 바로 옆에 있는 기념품숍에 들렀다. 체험활동 내기에서 이긴 윤우는 준호의 옆구리를 쿡 찌르며 물었다.

 "예산이 얼마나 되냐?"

 "얼마나 비싼 거 사려고? 일단 양심껏 골라봐."

 준호는 윤우에게 선택권을 줬다. 눈앞에 펼쳐진 기념품들을 바라봤다.

기념품 고르기 (기억할 것)
- ▶ 소리나는 키링
- ▶ 콩알탄
- ▶ 강귤초콜릿

"나 이거."

윤우는 자신이 고른 기념품을 보여주며 말했다. 준호는 가격표를 보더니 고개를 끄덕였다.

"그래. 사줄게."

"나이스!"

윤우는 기념품을 바구니에 담았다. 준호는 매대에 놓인 콩알탄을 들고 카운터로 향했다.

▶ ········ 78페이지로 이동

23 내기의 패자

 식사를 마치고 바로 옆에 있는 기념품숍에 들렀다. 준호가 기념품을 구경하며 물었다.
 "야. 진짜 오천 원까지 골라?"
 "큰맘 먹고 만원까지 쏜다."
 윤우는 엽서를 구경하며 말했다. 준호는 폭죽이 진열된 매대로 다가갔다.
 "폭죽 사게? 그거 터트릴 시간 없을걸."
 "시간은 만드는 거야."
 준호는 콩알탄을 집어 들었다.
 "초딩이냐?"

윤우가 힐끗 보고 한마디 했다. 말은 이렇게 해도 내심 재미있을 것 같았다.

"이따가 몇 개 달라고 하지 마라."

준호는 미리 윤우의 속내를 간파하고 말했다.

"쪼잔하게 구네."

윤우는 피식 웃으며 콩알탄을 들고 카운터로 향했다.

▶ ········ 78페이지로 이동

24 숙소 방배정

"이게 무슨 호텔이야?"
"역시 기대하는 게 아니었어."
학생들은 숙소의 허름한 외관을 보고 불평을 쏟아냈다. 단체 관광객이 많이 오는 저렴한 3성급 호텔이었다.
"숙소가 애영읍에 있다는 걸 감사히 여겨라. 불평불만 있는 녀석들은 특별히 일대일 면담 들어간다."
민준의 엄포에 학생들은 입을 다물었다. 그제야 시끄럽던 호텔 로비가 조용해졌다. 민준은 호텔 리셉션으로 가서 체크인하고 호텔 카드키를 받아왔다.
"내일 아침 일찍 나가야 하니까 방에 들어가면 씻고

바로 자. 허튼짓하지 말고. 알았지?"

"네~"

학생들은 우렁차게 대답했다. 민준은 태블릿PC로 방배정표와 조장을 확인하며 말했다.

"방배정표 기억나지? 조장과 같이 방에 올라가. 참! 너희들 마음대로 방 바꾸지 마. 걸리면 죽는다."

5인 1조가 한방을 쓰고 방장이 통솔한다. 민준은 방장에게 카드키를 나눠줬다. 1조 방장인 윤우도 카드키를 받고 조원을 확인했다. 양건하, 장세형, 박강우, 딱 한 명이 없었다. 오늘 버스에서 같이 앉은 친구였다. 윤우는 그의 이름을 크게 불렀다.

버스 옆자리에 있던 사람은
▶ 최재인 ·········· 80페이지
▶ 박쥰호 ·········· 88페이지

25 최재민

"최재민! 왜 거기 있냐?"

윤우가 이름을 크게 부르자, 그제야 다른 친구들과 어울리고 있던 재민이 다가왔다. 재민은 조편성이 마음에 들지 않는 눈치였다. 윤우는 신경 쓰지 않고 인원수를 체크했다. 최재민, 양건하, 장세형, 박강우. 이렇게 네 명과 같은 조였다.

"우리 방은 301호야."

윤우는 조원과 함께 엘리베이터를 탔다. 3층에서 내리자, 그 앞에 서 있던 다른 조와 마주쳤다. 6조의 장, 김이한이 껄렁하게 다가왔다. 평소 학교에 잘 나오지 않고 사고를 일으키는 문제아였다.

"송윤우. 방 바꿀래? 우리 방은 엘리베이터 바로 앞이거든. 왔다 갔다 하기 편해."

"근데 왜 방을 바꿔?"

"우리 술 마실 거야. 쌤한테 들키지 않으려면 끝방이 편하잖아."

이한은 한 쪽 눈을 찡긋거리며 말했다.

당신의 선택은?

▶ 방을 바꿔준다 ·········· 82페이지
▶ 방을 바꿔주지 않는다 ······ 90페이지

26 방을 바꿔준다

"…그래. 엘리베이터와 가까우면 우리도 편하니까."

윤우는 들고 있던 호텔 카드키를 이한에게 넘겼다.

"땡큐!"

이한도 호텔 카드키를 건넸다. 그리고 자신의 조원을 향해 말했다.

"야, 빨리 가서 술 꺼내자."

"소등하기 전에 움직여야지."

이한의 조가 요란한 소리를 내며 복도 끝으로 걸어갔다. 윤우는 잠시 그들의 뒷모습을 보다가 시선을 돌렸다. 얽히고 싶지 않은 무리였다.

306호 도어록에 카드키를 태그하고 문을 열자, 내부가 보였다. 침대는 따로 없고, 열려있는 장 안에는 이불이 개어져 있었다. 단체 투숙객이 이용하기에 좋은 방이었다.

"아… 괌에 갔을 때 묵었던 5성급 호텔과 비교하면 형편없네."

재민은 캐리어를 한쪽 벽면에 세워두며 불평했다.

"어차피 숙소에서 잠만 자는데 뭐가 중요하냐?"

세형이 핀잔을 주듯이 말했다. 그는 허세와 과시가 심한 재민을 좋아하지 않았다. 윤우는 캐리어와 미니 크로스백을 바닥에 내려두며 물었다.

"누가 먼저 씻을래? 빨리 씻고 자자."

"내가 제일 마지막에 씻을게."

재민의 입에서 의외의 대답이 나왔다. 윤우가 놀란 눈으로 쳐다봤다. 제일 먼저 씻겠다고 우길 줄 알았기 때문이다.

"공부해야지. 문제집을 풀어야 해서 조금 늦게 잘 거야."

그럼 그렇지. 다른 사람을 배려한 게 아니라 자기 편의를 위해서였다. 윤우는 조장으로서 상황을 정리했다.

"그래. 그럼 2명씩 먼저 씻자."

문제집을 꺼내는 재민을 뒤로하고 윤우는 화장실로 들어갔다.

"드르렁… 푸우…"
"뿌득…뿌드득…"

어두운 방 안. 화장실 불빛에 의존해 문제집을 풀고 있던 재민은 양손으로 귀를 막았다. 잠버릇이 좋지 않은 친구들이 많아서 공부에 집중할 수가 없었다.

"아, 새끼들… 존나 시끄럽네."

재민은 바닥에 이불을 깔고 자는 친구들을 흘겨봤다. 옆에 누워서 자고 싶은 마음도 들었지만, 문제지 3장을 더 풀어야 했다. 재민은 다시 샤프를 쥐고 문제를 읽었다.

"아아아악!"

그때, 복도에서 비명을 지르는 소리가 들렸다. 문제지를 보고 있던 재민의 시선이 문으로 옮겨갔다.

"진짜 가지가지하네…"

다른 투숙객도 있는데 밤늦게 떠들다니. 바로 아래층

에 있는 담임 선생이 가만두지 않을 것이다. 재민은 상황이 정리될 동안 쉬기로 하고 샤프를 내려두었다. 쿵, 쾅쾅! 뛰는 소리, 넘어지는 소리가 들렸다. 재민은 술을 마신다고 했던 이한의 조가 떠올랐다.

"술에 취해서 저러나?"

퍽! 퍽퍽! 이젠 서로 때리는 소리까지 들렸다. 세상에서 제일 재미있는 게 싸움 구경 아닌가. 이런 볼거리를 놓칠 수 없지. 재민은 자리에서 일어나 문으로 다가갔다. 살그머니 문을 열고 밖의 동태를 살피려고 하는데 누군가 문고리를 잡아당기는 바람에 문이 활짝 열렸다. 놀라서 앞을 보자, 이한이 서 있었다.

"사, 살려줘!"

공포에 질려서 소리치는 이한의 입에서 알코올 향이 났다. 이성을 잃고 방 안으로 들어오려고 했으나 그러지 못했다. 온몸에 피칠갑을 한 남자가 이한을 붙잡았기 때문이다.

"으아아악!"

남자가 이한의 목을 물자, 고통에 찬 비명을 질렀다. 으드득! 살점을 뜯는 소리가 선명하게 들렸다. 이한의 몸이 맥없이 고꾸라졌다. 남자는 눈앞에 서 있는 재민에게 천천히 다가갔다. 입 주변에 묻은 피를 뚝뚝 떨어트리며.

"아… 아아…"

재민은 도망치고 싶었지만, 발에 무거운 추라도 달아 둔 것처럼 움직이지 않았다. 남자는 재민을 덮쳐서 넘어트렸다.

"아아아악!"

열린 문 안으로 감염자들이 뛰어 들어왔다. 주위가 소란스러워지자 깊은 잠에 빠졌던 윤우가 눈을 떴다.

"어?"

몸 위로 올라탄 이한이 입을 크게 벌리고 있었다. 충혈된 눈과 마주친 순간, 턱을 물어뜯겼다.

▶ 배드엔딩, 방을 왜 바꿔서…

27 박준호

"박준호! 여기야."

윤우는 조원을 확인했다. 박준호, 양건하, 장세형, 박강우. 이렇게 네 명과 같은 조였다.

"우리 방은 301호야."

윤우는 조원과 함께 엘리베이터를 탔다. 3층에서 내리자, 그 앞에 서 있던 다른 조와 마주쳤다. 6조의 장, 김이한이 껄렁하게 다가왔다. 평소 학교에 잘 나오지 않고 사고를 일으키는 문제아였다.

"오, 송윤우."

이한이 윤우를 아는 체하며 다가가다가 뒤에서 내리

는 준호를 보고 표정이 굳었다. 두 사람은 얼마 전 크게 싸운 적이 있었다. 이한이 먼저 시비를 걸었으나, 일방적으로 얻어맞고 끝났다. 서열이 이미 정리된 후였다.

"왜?"

"…아니야. 됐어."

이한은 윤우를 지나쳐서 계단으로 올라오는 친구들에게 다가갔다.

"방 좀 바꾸자. 오늘 밤에 술 마셔야 하거든."

"선생님이 마음대로 방 바꾸지 말라고 했는데…"

"바꿔 달라면 바꿔주지. 말이 많아."

이한은 방을 바꾸자며 강압적으로 요구했다. 윤우는 그가 똑같은 짓을 하려고 했지만, 준호 때문에 조용히 넘어갔다는 걸 깨달았다.

"뭐하냐? 가자."

준호가 윤우의 어깨 위에 손을 올렸다. 힘이 센 친구가 같은 편이니 든든했다. 이들은 301호가 있는 복도 끝으로 걸어갔다.

▶ ········· 96페이지로 이동

28 방을 바꿔주지 않는다

"담임이 한 말 못 들었냐? 방 바꾸지 말라고 했잖아."

"아우~ 누가 범생이 아니랄까 봐. 몰래 바꾸면 어떻게 아냐?"

"됐어. 다른 조에 물어봐."

윤우가 지나치자, 이한의 표정이 싸하게 굳었다. 그는 윤우의 어깨를 잡아 강하게 끌어당기며 다리를 걸었다.

"아!"

생각지도 못한 행동에 방어하지 못한 윤우가 그대로 자빠졌다. 설상가상 넘어지면서 발목이 꺾였다.

"어라? 너 왜 그래?"

이한은 놀라는 척하며 부축하려고 했다. 윤우는 그의 손을 밀어내고 노려봤다.

"많이 피곤했나 보다. 다리에 힘이 풀려서 넘어진 거 보면."

이한은 가증스럽게 연기했다. 그의 친구들도 다가와서 한마디씩 거들었다.

"뭐야? 얘 왜 넘어졌어?"

"그러니까 공부만 하지 말고 운동도 좀 해. 스쳤다고 넘어지면 어떡하냐."

학교에서 질이 안 좋기로 유명한 무리라서 누구 하나 나서서 도와주지 않았다. 실랑이를 벌여봤자 일만 커진다. 윤우는 바지를 털고 일어났다. 꺾인 발목이 찌릿했지만 이를 꽉 깨물고 참았다.

"괜찮지?"

이한이 이죽거리며 물었다. 윤우는 눈도 마주치지 않고 배정받은 301호로 걸어갔다. 조원들도 빠른 걸음으로 따라갔다. 방 안으로 들어온 후에야 건하가 입을 열었다.

"으휴. 김이한, 저 양아치 새끼."

"다리 서는 거 다 봤는데 아닌 척하는 건 뭐야?"

"벌점 많이 받아서 문제 일으키면 안 되거든. 그래서 저런 식으로 괴롭히더라."

"송윤우. 괜찮아?"

이한의 앞에서는 한마디도 못 한 네 남자는 쉬지 않고 입을 조잘거렸다. 윤우는 급격하게 피로가 몰려와 조용히 쉬고 싶었다.

"피곤하다. 씻고 자자."

"그래. 너 먼저 씻어. 우리는 뒤에 씻을게."

친구들의 양보를 받고, 윤우는 제일 먼저 화장실로 들어갔다.

"드르렁… 푸우…"

코를 골며 깊은 잠에 빠져든 친구들과 달리, 윤우는 잠이 오지 않았다. 답답한 마음에 이불을 몇 번이나 뒤척였다. 억울하고 분했다. 급습만 아니었어도 무방비하게 넘어지지 않았을 텐데. MMA 아마추어 대회에서 우승한 경력도 있는데 동네 양아치보다 못한 놈한테 당한 게 화가 났다. 지금이라도 이한을 찾아가서 사과를 받을까? 핸드폰으로 시간을 확인하니 새벽 1시였다. 너무 늦은 시간이었다. 내일 아침에 이야기를 나누는 게 낫다.

쿵. 무언가 문을 치고 지나갔다. 윤우는 다른 방 투숙객이 실수한 것이라고 생각했다. 쿵쿵쿵! 이번에는 아까보다 더 크게 문을 두드렸다. 실수가 아니었다. 윤우의 머릿속에는 이런 짓을 할 사람이 한 명 떠올랐다.

"김이한 이 새끼가…"

벼르고 있었는데 오히려 잘됐다. 윤우는 자리에서 일어났다. 삐끗한 발목이 시큰거렸지만 참고 문 앞으로 다가갔다.

쿵쿵쿵쿵!

"으아아악!"

이번에는 문을 두드리는 소리와 함께 비명이 들렸다.

"간다, 가!"

윤우는 오른쪽 발을 질질 끌며 문 앞에 도착했다. 급습에는 급습, 똑같이 대갚음해 줄 생각이었다. 문을 열자마자 라이트 훅을 날리기 위해 자세를 잡았다.

"김이한, 개자식아!"

윤우가 소리 지르며 벌컥 문을 열었다. 주먹을 날리려고 하던 윤우의 몸이 굳었다. 문 앞에 서 있던 건 이한이 맞았다. 그런데…

"크아아아악!"

이한의 팔뚝의 살점이 뜯겨 붉은 근육과 하얀 뼈가 드러나 있었다. 얼굴 가득 시퍼런 핏줄이 도드라져 있었고, 눈은 충혈됐다. 도망쳐야 하는데, 다친 발목은 뜻대로 움직이지 않았다. 소리를 질러서 친구들을 깨우고 싶어도 목청이 나오지 않았다.

이한은 윤우의 어깨를 잡아 끌어당겼다. MMA를 오랫동안 배운 만큼, 상대에게 붙잡혔을 때 방어하는 방법은 알고 있다. 그러나 힘의 차이가 압도적이었다. 살이 뜯기고 뼈가 보일 정도의 중상을 입고 이 정도로 힘을 쓸 수 있다는 게 믿기지 않았다.

"마, 말도 안돼…"

윤우는 이한을 밀어내려고 했지만 꿈쩍도 하지 않았다. 뒤로 휘청이며 바닥으로 쓰러지자 기다렸다는 듯이 몸 위에 올라탔다. 와득! 와드득! 이한이 윤우의 목을 깨물었다. 버둥거리던 팔다리가 추욱 처졌다.

▶ 배드엔딩, 양아치와 엮이지 않는 게 상책

29 이상한 낌새

"잠은 잘만 하네."

룸컨디션을 확인한 준호의 감상이었다. 조원 모두 무던한 성격이라 불만을 표하지 않았다.

"빨리 자자."

강우가 장에서 이불을 꺼내서 바닥에 깔았다. 교복을 훌렁 벗어던진 그는 팬티만 입은 채로 이불 위에 벌러덩 드러누웠다. 그 모습을 본 준호가 인상을 찌푸렸다.

"야. 안 씻냐?"

"뭐 하러 씻어. 내일 또 땀 흘릴 건데."

"…왜 사냐? 어차피 뒤질 건데."

준호가 강우의 머리를 잡고 초크를 걸었다.

"컥! 야, 아, 아파!"

"씻을 거야, 안 씻을 거야?"

"씨, 씻을게!"

그제야 준호가 팔에 힘을 풀었다.

"시간 없으니 둘, 셋 들어가서 씻자."

이들은 준호의 말에 따라 화장실에 들어갔다. 윤우는 준호를 향해 엄지를 들어 올렸다.

"하… 죽일까?"

준호가 화가 난 채로 낮게 읊조렸다. 드르렁, 코 고는 소리와 뿌득뿌득 이 가는 소리가 앙상블을 이뤘다. 베개로 귀를 막고 있던 윤우도 한숨을 내쉬었다. 두 사람을 빼고 모두 깊은 잠에 빠졌다.

"코 골고 이 가는 놈들만 같이 방을 쓰게 해야 하는데."

준호가 이불을 걷어차고 허리를 세워 앉았다.

"열받네. 잠 다 깼어."

"나도."

윤우도 준호를 따라 상체를 일으켜 세웠다. 피곤해서 몸은 늘어지는데 잠이 오지 않았다.

"이 새끼들 암바 걸어서 깨울까? 우리만 못 자면 짜증 나잖아."

준호는 강우의 머리맡에 쭈그려 앉았다. 샤워를 안 하고 이불에 누웠을 때부터 단단히 찍혔다.

"안 되겠다, 이 새끼들 다 뒤졌어."

준호가 강우의 오른손을 잡아 암바를 걸었다.

"아악! 뭐야!"

자다가 날벼락을 맞은 강우가 소리를 지르며 일어났다. 준호는 공평하게 건하와 세형에게도 암바를 걸었다. 차례대로 비명을 지르며 기상했다. 윤우는 그 모습을 보며 고소하다는 듯이 웃었다.

"가위눌린 줄 알았네!"

"왜 자는 사람을 괴롭혀?"

잠에서 깬 세 사람이 항의했지만, 준호도 할 말이 많았다.

"네놈들이 코 골고 이 가느라 나랑 송윤우는 한숨도 못 잤어. 너흰 앞으로 우리 먼저 잔 후에 자라."

"그건 너희가 덜 피곤해서 그런 거지."

"맞아. 베개에 머리만 대면 자야지, 배부른 소리하고 있네."

"이 양심 없는 새끼들이 미안해하지는 못할망정 당당하네?"

윤우는 네 남자가 티격태격하는 동안 귀를 쫑긋 세우고 소리에 집중했다. 쿵, 타다닥! 복도 밖에서 소리가 들렸다. 윤우가 자리에서 일어나 불을 켰다. 어두웠던 방이 한순간에 밝아지자, 이들은 눈을 찌푸렸다. 준호는 현관문 앞에 서 있는 윤우를 보며 물었다.

"뭐해? 밖에 나가려고?"

"쉿."

윤우는 입술에 검지를 댔다. 네 남자가 입을 다물자, 비로소 소리가 제대로 들렸다. 복도에서 작은 소란이 일어난 것 같았다. 뛰는 소리, 대화하는 소리가 들렸다.

당신의 선택은?
▶ 문밖의 상황을 확인한다 ······· 100페이지
▶ 무시한다 ················ 106페이지

30 문밖의 상황을 확인한다

"우리끼리 추측해서 답이 나오겠냐? 문 열어 보면 되지."

윤우가 문 쪽으로 향하자, 자리에 앉았던 준호도 일어나서 다가왔다.

"김이한이 나대는 걸 수도 있어."

"크아아아!"

준호의 말이 끝나자마자 울부짖는 소리가 들렸다.

"뭐야? 술을 처마신 게 아니라 마약이라도 했나?"

준호는 복도에서 들리는 괴성에 고개를 갸웃했다. 마치 짐승의 울음소리 같았다. 자기들끼리 모자란 짓을 하는 건 상관없지만 남에게 피해를 주는 건 참을 수 없었다. 게다가 지금은 새벽 1시가 넘은 밤이었다. 남들 잘 시간에 복도에 나와서 난동을 부리니 민폐였다.

"조용히 하라고 말하자."

"괜히 싸움 나는 거 아니야?"

세형은 몸을 사렸다. 상대는 김이한이었다. 일진에게 찍히면 학교생활이 골치 아파진다.

"양아치 주먹에 당하겠냐? 박준호도 있잖아."

"한 번 밟아줬는데도 설치네. 이번에 확실히 눌러줘야겠어."

우드득, 우드득. 준호가 양손을 깍지 껴서 풀며 말했다. 방장인 윤우는 친구들이 싸우지 않도록 관리해야 할 본분이 있었다.

"그냥 대화만 해. 김이한이 너한테는 꼬리 내리잖아."

"맨정신일 땐 알아서 기는데 술 마셨으니 객기를 부릴지도 모르지. 선빵 치면 나도 가만있지 않을 거야."

준호가 섬뜩한 미소를 지으며 문을 열었다. 퍽! 준호가 다짜고짜 주먹을 휘둘렀다. 둔탁한 타격음과 함께 신음이 들렸다.

"야! 대화부터 하라니까!"

윤우가 놀라며 준호에게 소리쳤다. 자연스레 문 앞에 서 있는 사람을 확인했다. 김이한이 맞았다. 그런데…

"헉!"

윤우는 깜짝 놀라며 뒷걸음질 쳤다. 이한은 왼쪽 팔이 꺾인 채로 서 있었다. 충혈된 눈과 피부 위로 올록볼록 솟아오른 핏줄은 보기 징그러웠다.

"크아아아!"

이한이 이상한 소리를 내며 달려들자, 준호는 뒤로 피하며 아래턱에 주먹을 내리꽂았다. 가드 없이 제대로 들어간 카운터펀치였지만 쓰러지지 않았다.

"뭐야, 좀비야?"

사람들은 쓰러질 듯 쓰러지지 않고 일어나는 사람을 '좀비'에 빗댄다. 준호도 같은 의미였다. 복싱을 배워본 적 없는 이한은 가드를 올리지 않았고 연달아 턱에 매서운 주먹이 꽂혔다. 급소를 맞고도 이렇게 버티는 건 인간의 몸으로 불가능했다.

"이 새끼 진짜 마약 했나? 왜 안 쓰러져?"

준호는 얼마 전 이한과 싸워본 적이 있다. 턱에 라이트훅 한 대 맞고 그대로 기절했던 놈이었다. 맷집과 상관없이 아래턱을 맞으면 쓰러질 수밖에 없다. 이렇게 멀쩡히 서 있는 게 놀라웠다.

"캬아아악!"

이한의 뒤에 서 있던 감염자까지 합세해서 달려들었다. 그들의 몸도 이곳저곳 물어뜯겨 성한 곳이 없었다. 눈이 충혈되고 핏줄이 도드라지게 서 있다는 건 똑같았다.

"패싸움이라도 했어?"

"크으으..."

준호의 질문에 대답 대신 짐승 같은 신음을 흘리며 달려들었다. 침을 질질 흘리며 입을 벌리고 목을 물어뜯으려고 했다.

"왜 물려고 하는 거야?"

준호가 이한의 머리를 밀어내며 소리쳤다. 윤우도 그를 도와 감염자들을 밀어냈다.

"미쳤냐? 왜 이 지랄이야!"

준호와 윤우는 이들이 왜 이러는지 이해하지 못했다. 고개를 들이밀어 깨물려고 달려들었다. 그때, 건하가 밀대 걸레로 이한의 복부를 강하게 밀어내며 소리쳤다.

"좀비다! 물리면 안돼!"

"뭐?"

건하의 말에 준호와 윤우가 어이없다는 듯이 되물었다. 평소 스릴러, 공포 마니아다운 상상이었다.

"내 말이 맞다니까! 얘네 상태를 봐! 대화도 불가능하고 우리를 잡아먹을 듯이 달려들잖아! 몸에 난 상처 보이지? 좀비에게 물리면 감염되잖아! 절대 물리면 안 된다고!"

"말도 안 돼…"

그러나 상황을 보면 건하의 말도 일리가 있었다. 좀비인지, 뭔지 몰라도 물리면 안 될 것 같았다.

"이곳에서 도망쳐야 해!"

준호가 이한의 옆구리를 걷어차자, 몸이 붕 뜨더니 바닥을 굴렀다. 그러자 뒤에 서 있던 무리가 밀고 들어왔다. 윤우가 힘을 실어 감염자의 얼굴에 주먹을 날리자, 제대로 들어간 공격덕에 뒤로 넘어졌다. 세형과 강우도 샤워커튼봉과 옷걸이봉을 들고 감염자들을 밀어냈다. 문 밖으로 나오는데 성공했지만 목적지가 없으니 우왕좌왕했다.

"어디로 가야 해?"

"담임 선생님께 갈까? 바로 아래층이잖아!"

"…거기까지 갈 필요 없어 보이는데."

윤우가 준호의 뒤를 가리키며 말했다. 그곳엔 민준이 서 있었다. 한눈에 봐도 상태가 좋지 않았다. 숨을 헐떡이며, 충혈된 눈으로 그들을 쳐다보고 있었다.

당신의 선택은?
- ▶ 공격한다 ········ 110페이지
- ▶ 일단 살펴본다 ····· 114페이지

31 무시한다

"쟤네 이제 담임한테 뒤졌다."

윤우는 다시 자리로 돌아왔다. 바로 아래층에 있는 선생들이 조용히 넘어갈 리 없다. 굳이 나서지 않아도 깔끔하게 해결될 일이었다. 준호가 손으로 머리를 받치고 모로 누웠다.

"김이한 패거리 같지?"

"걔네 말고 이런 짓을 할 놈이 어디 있겠어."

"양아치들 참교육 한 번 해줘?"

"가만히 있어도 담임이 참교육해 줄 듯."

윤우는 준호를 말렸다. 굳이 이한과 엮여서 좋을 게

없었다. 누워서 핸드폰을 보고 있던 건하가 물었다.

"야. 너네 성북여고 애들 소개받을래?"

"예쁘냐?"

강우의 질문에 건하는 핸드폰을 보여주었다. 단발머리에 미소가 예쁜 여학생의 사진이 보였다. 강우는 메신저 프로필 사진을 넘기며 확인했다.

"이 정도면 괜찮지 않냐?"

"미친. 괜찮은 정도가 아니라 존예인데. 이런 여신이 왜 우리 같은 놈들을 소개받냐?"

세형이 프로필 사진을 확대해서 보며 호들갑을 떨었다.

"혹시 보정 엄청 많이 한 거 아니야?"

"아니야. 논술학원 같이 다니는데 실물과 똑같아."

"대박. 나 소개시켜 줘."

세형은 그새 사랑에 빠진 듯 히죽이며 말했다. 건하는 준호와 윤우에게도 사진을 보여주며 물었다.

"박준호. 송윤우. 너희는?"

"난 자연스러운 만남을 추구해서 인위적인 만남은 별로."

준호가 딱 잘라 거절했다. 윤우도 내키지 않는 얼굴

이었다.

"시험도 얼마 안 남았는데 무슨 여자소개야. 시험이라도 끝나면…"

쾅! 쾅쾅! 문을 두드리는 소리에 윤우가 말을 멈췄다. 복도는 아까보다 훨씬 시끄러워졌다.

"김이한, 저 자식 왜 저래?"

"역시 아까 참교육을 해줬어야 했다니까."

준호가 자리에서 일어나 문으로 다가갔다. 양손을 깍지 껴서 가볍게 손을 푼 후 제자리에서 뛰었다.

"김이한, 이 새끼…"

준호가 문을 열자, 기다렸다는 듯이 수많은 사람이 밀고 들어왔다. 감염자들이었다.

"으아악!"

밀려 넘어진 준호의 몸 위로 감염자들이 벌레떼처럼 달라붙었다. 무슨 상황인지 짐작조차 되지 않았다.

"뭐… 뭐야…"

준호를 물어뜯던 감염자들이 윤우의 목소리에 반응했다. 그들은 패닉상태에 빠진 네 사람을 향해 달려들었다.

▶ 배드엔딩. 수상하면 주위를 살펴야지

32 공격한다

"빨리 공격하지 않으면 우리가 당할 거야!"

윤우는 건하가 들고 있던 커튼 봉을 빼앗아 들고 민준이 다가오지 못하도록 배를 세게 밀었다. 준호와 건하도 윤우의 손을 잡고 힘을 보탰다. 세 남자가 힘을 모으니 민준의 몸이 뒤로 밀리기 시작했다.

"끄으… 난… 너희를…"

민준은 커튼 봉으로 명치를 세게 눌려 제대로 숨을 쉬기 어려웠다. 세 사람이 힘을 모아 밀어붙이자, 마침내 민준의 몸은 복도 끝 통유리 창문 앞까지 밀려났다.

"조금만 더 힘을 내면 돼!"

민준의 몸이 창문에 맞닿았다. 균형을 잡기 위해서 몸을 버둥거리자, 유리창에 금이 가기 시작했다.

"으아아악!"

쨍그랑! 창문이 깨지고 민준의 몸이 아래로 추락했다.

"됐어! 성공이야!"

윤우가 기쁜 목소리로 소리쳤다. 이들은 얼싸안으며 안도했다.

"이제 어디로 가지?"

담임 선생인 민준에게 가려던 계획도 물거품이 됐다. 복도에는 감염자에게 물려 쓰러진 사람들로 가득했다. 그때, 동시다발적으로 핸드폰 알람이 울렸다. 윤우가 핸드폰을 꺼내서 확인하니 재난 문자메시지가 도착해 있었다.

[제주특별자치도청] 제주도 전역에 정체불명 바이러스 유포. 바이러스에 감염되면 이성을 잃고 폭력적으로 변하니 각별히 유의하시길 바랍니다. 도민들은 제주특별자치도청으로 대피하십시오.

"…제주특별자치도청으로 오라는데?"

"도청까지 차 타고 1시간은 가야 하는데 어떻게 가?"

"일단 나가자. 호텔 밖으로 나가서 차를 얻어 타는 거야."

"그래. 일단 나가고 보자!"

바닥에 쓰러진 사람들의 몸이 꿈틀거리기 시작했다. 시간이 없었다. 이곳은 3층, 1층으로 내려가기 위한 계단은 복도 중앙에 있었다. 이들은 중앙 계단을 향해 뛰었다.

"…말도 안 돼…"

계단 아래는 이미 감염자들이 점령한 상태였다. 절망적인 상황이었다.

"밀어내! 위에서 아래로 내려가는 거니까 우리가 유리해!"

준호는 소화기를 들어 감염자들에게 집어던졌다. 윤우도 옷걸이 봉을 들고 감염자들의 몸을 밀어내며 아래로 내려갔다. 효과가 있는 것 같지만, 아주 잠시였다. 감염자들은 계단의 위아래에서 등장하며 다섯 남자를 궁지에 몰았다. 더 이상 도망갈 곳이 없었다.

▶ 배드엔딩. 선생님은 제자를 지키려고 했는데

33 일단 살펴본다

"잠깐만."
윤우는 준호가 민준을 공격하지 못하도록 막아섰다.
"왜? 선빵을 쳐야 이긴다고."
"아니야. 아직은 괜찮아."
윤우는 알 수 없는 소리를 하며 민준에게 다가갔다. 준호를 비롯한 친구들은 놀란 눈으로 쳐다보며 말렸다.
"야! 너 미쳤어?"
"어서 떨어져! 큰일 나!"
윤우는 친구들의 만류에도 불구하고 민준에게 더욱 가까이 다가갔다.

"선생님."

"…윤우야."

민준은 힘겹게 입을 열었다. 윤우의 생각대로 '아직' 괜찮았다. 민준의 모습은 식당에서 봤던 남자와 똑같았다. 눈만 충혈된 상태였다. 사람들을 공격하는 감염자들의 얼굴엔 굵은 핏줄이 사납게 서 있었다. 윤우는 이 방법으로 민준을 위험하지 않은 사람으로 분류한 것이다.

"이게 무슨 일이에요?"

"나도 몰라. 쿵쾅거리며 뛰는 소리가 들려서 올라와 봤는데 이런 상황이었어. 나도 사람들을 말리다가 물렸고…"

민준의 회색 트레이닝복은 피로 흠뻑 젖었다. 오른쪽 허벅지를 물린 것이다. 건하가 나서며 물었다.

"이거… 좀비죠?"

"말도 안 되는 소리같지만… 좀비 말고는 설명할 방도가 없구나. 저놈들에게 물린 사람들이 똑같이 변하는 걸 내 눈으로 봤거든."

민준과 함께 3층으로 올라온 수학 선생은 감염자에게 물리자마자 변했다. 조용하고 내성적이었던 그가 괴상한 비명을 지르면서 학생들을 물어뜯는 걸 보고 큰 충격을 받았다. 자신도 저렇게 변할 거라는 게 무서웠다.

"나도 곧 변할 거야."

"선생님… 다른 방법이 있을 거예요! 포기하지 말아요!"

"…너희라도 발견해서 다행이야. 여기까지 오면서 물리지 않은 아이들은 발견하지 못했거든. 무조건 도망쳐야 해. 내가 최선을 다해서 도와줄 테니까."

민준은 눈앞에 있는 다섯 명의 제자는 기필코 지켜내겠다고 다짐했다. 계단을 통해 감염자들이 몰려오고 있었다.

"나를 따라와!"

민준은 직원용 비상계단으로 통하는 문에 마스터키를 태그했다. 위급시 사용하라고 교직원들에게만 나눠준 키였다. 비상계단 안으로 진입한 이들은 감염자가 들이닥치기 전 문을 닫았다. 다행히 감염자가 보이지 않았다. 민준은 학생들을 안심시켰다.

"…이곳은 안전해."

"다행이에요! 여기서 기다리고 있으면 구조대가 올 거예요!"

그때, 동시다발적으로 핸드폰 알람이 울렸다. 윤우가 핸드폰을 꺼내서 확인하니 재난 문자메시지가 도착해 있었다.

[제주특별자치도청] 제주도 전역에 정체불명 바이러스 유포. 바이러스에 감염되면 이성을 잃고 폭력적으로 변하니 각별히 유의하시길 바랍니다. 시민들은 제주특별자치도청으로 대피하십시오.

"…제주특별자치도청으로 오라는데?"
"우리를 구하러 오는 게 아니라고? 여긴 애영읍이잖아. 도청까지 가려면 차를 타고 1시간은 가야 해."
안전한 곳에 머무는 게 능사가 아니었다. 그러나 이들에게는 민준이 있었다.
"우리에겐 선생님이 있잖아. 선생님이 운전을 해주시면 도청까지 갈 수 있을 거야."
"맞아! 그러면 되네!"
아이들은 도청까지 갈 수 있다는 희망에 부풀었다. 그때, 민준이 비틀거리며 주저앉았다. 윤우가 그를 부축하며 상태를 살폈다.

"괜찮으세요?"

민준은 식은땀을 흘리며 이를 악물었다. 얼굴에 핏줄이 올록볼록 올라오기 시작했다. 바이러스가 활성화되기 시작한 것이다.

"얘들아… 미안해. 내가 도청까지 데려가진 못하겠어… 크아아악!"

민준은 고통에 몸부림치며 포효했다. 그리고 부축하고 있던 윤우의 손을 뿌리쳤다.

"야, 어떡해!"

세형과 강우는 민준이 변하는 모습을 보며 겁을 먹고 울먹였다.

"후우… 후우…"

민준의 호흡이 불안정해졌다. 몸을 비틀거리더니 쏜살같이 내달려 창문에 몸을 부딪쳤다. 쾅! 쾅! 유리창에 금이 가기 시작했다.

"으아아아!"

민준은 포효하며 힘을 실었다. 마침내 유리창이 깨지고, 그의 몸은 추락했다. 쿵! 바닥에 떨어지는 소리가 들리자, 아이들은 눈을 꽉 감고 고개를 돌렸다.

"…선생님…"

윤우는 다리에 힘이 풀려 주저앉았다. 바이러스가 활성화되기 전, 제자들을 지키기 위해 창문 밖으로 뛰어내린 것이다. 갑작스럽게 보호자를 잃은 아이들은 패닉에 빠졌다. 민준이 희생하며 구해줬으니, 살아남는 게 보답이다. 윤우는 마음을 단단하게 먹었다.

"…제주특별자치도청으로 가야 해."

윤우가 힘겹게 입을 열었다. 제주특별자치도청. 그들이 가야할 곳이었다.

"어떻게 가?"

건하가 울먹이며 물었다. 윤우라고 답을 알 리 없었다. 그러자 준호가 앞장섰다. 이런 상황에서는 사람을 이끄는 강한 리더가 있어야 했다.

"1층으로 내려가야지. 일단 호텔 밖으로 나가자."

준호가 먼저 계단을 내려갔다. 호텔 밖으로 나가기 위해서는 비상계단 문을 열고 나가서 로비를 가로질러 가야 했다. 로비에는 분명 많은 감염자가 있을 것이다. 1층까지 내려온 이들은 밖으로 나가기 전, 숨을 골랐다.

"밖에 무슨 난리가 났더라도 정신 꽉 붙잡아."

"쫄지 마. 할 수 있어."

준호는 마른침을 삼키며 조심히 문을 열었다. 로비를

돌아다니는 감염자가 보였지만 생각보다 많지 않았다.

"다행이야. 세 명 정도야."

오히려 방 앞에서 만났던 감염자가 훨씬 많았다. 생각했던 만큼 최악은 아니었다. 준호는 자신감을 되찾았다.

"내가 길을 만들 테니까, 따라와."

준호가 문을 열고 나가자, 주위에 있던 감염자들이 달려오기 시작했다. 준호는 들고 있던 커튼 봉을 휘두르며 다가오지 못하게 막았다.

"지금이야! 빨리 나가!"

준호는 친구들이 호텔 밖으로 나갈 수 있도록 안전하게 길을 만들어줬다. 세형과 건하, 강우가 무사히 감염자를 피해 나갔다. 이제 윤우와 준호만 피하면 됐다. 그때, 여자의 비명이 울려 퍼졌다.

"살려주세요!"

윤우와 준호의 시선이 소리가 나는 곳을 향했다. 30대 여성 한 명이 감염자들에게 쫓기고 있었다. 도와주지 않는다면 위험에 처할 것이다.

당신의 선택은?
▶ 못 본 척한다 ······ 122페이지
▶ 구해준다 ········ 126페이지

34 못 본 척한다

"아… 어쩔 수 없어!"

잠시 고민하던 윤우는 괴로운 얼굴로 소리쳤다. 도와주고 싶지만 자기 몸 하나 보호하기도 힘든 상황이었다.

"으아악! 누가 좀 도와주세요!"

여자는 도와달라고 소리를 질렀으나 오히려 감염자들을 끌어모은 꼴이 되어버렸다. 덕분에 윤우와 준호는 수월하게 호텔 밖으로 빠져나왔다.

"됐어, 모두 나왔어!"

세형이 두 사람을 발견하고 격앙된 목소리로 소리쳤다. 호텔 앞 주차장에는 차가 여러 대 서 있었다. 도망치려다가 습격을 당했는지, 운전석 문이 열려 있었다. 운이 좋게 주위에 감염자도 없었다. 이대로 차를 타고 도망가면 되는데…

"…우리 운전 못하잖아."

아직 미성년자라서 운전면허증이 없었다. 우왕좌왕하는 사이 호텔 안에 있던 감염자들이 밖으로 나오기 시작했다. 도움을 요청하며 뛰어다니던 여자를 처리한 듯했다. 급한 대로 준호가 운전석에 올라탔다.

"일단 타!"

윤우는 조수석에 타고 건하와 세형, 강우가 뒷좌석에 몸을 날렸다. 간발의 차이로 문이 닫히자, 감염자들은 차에 달라붙어 흔들고 걷어찼다. 빨리 도망치지 않으면 차가 부서질 것이다.

"아무거나 눌러봐!"

준호가 어설픈 손으로 시동을 걸었다. 그리고 아무 버튼이나 눌렀다. 차는 출발하지 않고 애꿎은 와이퍼만 좌우로 움직였다.

"엑셀만 밟으면 출발하는 거 아냐?!"

강우는 얼마 전 누나가 운전면허를 따면서 했던 말을 떠올렸다. 운전하는 거 어렵지 않다고, 그냥 엑셀만 밟으면 된다고 했다.

"엑셀이 어디 있는데?"

엑셀과 브레이크를 구분하지 못하는 준호가 번갈아 페달을 밟았지만 꿈쩍도 하지 않았다. 하필 차는 오토가 아니라 스틱이었다. 시동을 걸지 못하니, 차가 출발하지 못했다. 차를 둘러싼 감염자의 수는 점점 더 많아졌다. 쿵! 쿵! 감염자가 몸을 부딪치니 앞유리창에 금이 가기 시작했다.

"시간이 없어! 어떻게 좀 해 봐!"

이들은 차가 움직이길 간절히 바랐지만 앞유리창이 깨지는 게 더 빨랐다. 유리 파편이 차 안으로 쏟아졌다.

"크아아아!"

감염자들이 깨진 유리창 안으로 들이닥쳤다.

▶ 배드엔딩. 운전은 필수지

35 구해준다

"에라, 나도 모르겠다!"

윤우는 엘리베이터 앞에 놓인 소화기를 들고 여자를 향해 소리쳤다.

"밖으로 나가는 문을 확인하고 달려가세요!"

여자는 금방이라도 감염자들의 손에 닿을 것 같았다. 시간이 없었다. 윤우는 말이 끝나기가 무섭게 소화기를 난사했다. 분말 가루가 공중에 흩뿌려지며 감염자들의 시야가 가려졌다. 아무것도 보이지 않자 움직이지 않고 멍하니 서 있었다. 그 사이에 윤우와 준호, 여자는 호텔 밖으로 뛰어나갔다. 준호는 호텔 문고리 사이에 커틈 봉을 꽂아 열리지 않도록 막았다. 분말 가루가 내려앉자 감염자들은 놓친 먹잇감을 찾기 위해 고개를 돌렸다. 감염자들은 문 앞에 서 있는 세 사람을 발견하고 달려들었으나 유리문이 가로막혀 나오지 못했다.

"…허억, 헉.. 고마워요."

여자는 숨을 몰아쉬며 윤우와 준호에게 인사했다.

"다치지 않으셔서 다행이에요. 저희는 제주특별자치도청으로 갈 거예요. 괜찮으시다면 같이 가실래요?"

"좋아요. 제 차를 타고 가면 되겠네요."

그러나 주차장에서 차를 찾은 여자의 표정이 좋지 않았다. 그의 시선은 검은색 중형 SUV에 향해 있었다. 하필 그 주위에 감염자가 어슬렁거리고 있었다.

"제 차가 저기 있네요. 어떻게 타죠?"

당신의 선택은?
▶ 감염자를 해치운다 ····· 128페이지
▶ 기다린다 ············ 132페이지

36 감염자를 해치운다

"한 명이잖아. 우리가 제압할 수 있어."

윤우는 자신감이 넘치는 얼굴로 준호를 바라보며 말했다. 방금 수많은 감염자를 뚫고 호텔 밖으로 나오지 않았는가. 준호도 고개를 끄덕였다.

"이 정도는 눈감고도 처리하지."

"…위험해요. 좀 기다리거나 다른 차를 찾아보는 것도…"

여자는 윤우와 준호를 말렸다. 그러나 그들은 귀 기울여 듣지 않았다.

"걱정하지 마세요. 저희는 MMA 대회에도 나간 선수

들이에요. 아마추어이긴 하지만 평범한 고등학생은 아니거든요."

"아무리 그렇다고 해도…"

윤우와 준호는 과하게 자만했다.

"1분만 기다려요. 차에 타게 해드릴 테니까."

준호는 바닥에 떨어진 각목을 들고 감염자에게 달려갔다. 윤우는 옷걸이봉을 고쳐 쥐고 따라갔다. 감염자는 자신에게 달려오는 먹잇감을 발견하고 입을 크게 벌렸다. 준호는 각목으로 머리를 세게 내려쳤다. 퍽! 둔탁한 소리가 났지만 감염자는 쓰러지지 않고 달려들었다. 준호는 재차 각목으로 머리를 내려쳤다. 감염자의 머리가 깨지기는커녕 각목이 부러졌다.

"어?!"

감염자가 각목을 들고 있던 준호의 팔을 잡아 물었다.

"이 자식이!"

준호는 감염자에게 왼팔을 내준 대신 오른손으로 훅을 날렸다. 보통 사람이라면 코뼈가 주저앉고 치아가 빠질 정도로 강한 펀치였으나 감염자는 손을 물고 놓지 않았다. 윤우가 감염자를 뒤에서 끌어안으며 옷걸이봉으로 목을 강하게 압박했다. 그제야 감염자는 준호의 팔을 놔주었지만, 이미 살점이 뜯겨나가 너덜너덜했다. 뚜득! 목뼈가 부러지는 소리가 들리고, 감염자가 바닥으로 쓰러졌다.

멀리 떨어져서 이들을 지켜보던 여자와 세형, 강우, 건하가 달려왔다. 여자는 준호의 팔을 보고 깜짝 놀라며 입을 틀어막았다.

"무, 물린 거예요?"

"…네."

준호는 덤덤한 표정으로 운전석 문을 열었다.

"먼저 가세요."

"아니… 먼저 가라뇨… 본인은 어떻게 하려고요."

"전 물렸으니 같이 갈 수 없죠."

"혹시 모르잖아요. 아직 괜찮아 보이는데…"

"담임 선생님도 멀쩡해 보이다가 갑자기 변했어요. 저도 똑같을 거예요. 시간이 얼마나 걸릴지 모르는 것뿐이에요. 다른 감염자들이 오기 전에 어서 차에 타세요. 야, 너희도 빨리 타."

준호는 억지로 윤우를 차에 태웠다.

"널 두고 어떻게 가!"

윤우는 준호를 붙잡고 절규했다. 친구를 두고 간다는 건 상상하지 못할 일이었다.

"크…"

쓰러진 감염자가 몸을 일으켜 세웠다. 준호는 맨손으로 감염자를 붙잡았다. 아까와 달리 준호에게 달려들지 않고 윤우와 친구들을 보며 입맛을 다셨다. 감염자끼리는 서로 공격하지 않는 듯했다.

"어서 가시라니까요!"

그제야 여자는 운전석에 올라탔다. 준호의 친구들도 울먹이며 차에 탔다.

"준호야…"

준호는 대답하지 않고 감염자를 온몸으로 막았다. 차가 출발하자, 윤우는 참았던 눈물을 터트렸다.

▶ ········ 148페이지로 이동

37 기다린다

"일단 기다려보자."
"뭐? 언제 움직일 줄 알고?"
윤우의 의견에 준호는 부정적으로 반응했다.
"지금 체력 소모가 너무 커. 차를 타기만 한다고 끝나는 게 아니라 도청까지 가야 해. 언제 어디서 놈들이 나타날지 모르는데 쓸데없이 힘 빼면 안 돼."
"그래도 여기에 계속 있을 수 없잖아."
준호의 말도 일리가 있었다. 다른 감염자가 나타날 수도 있다. 윤우의 머릿속을 스치는 생각이 있었다.
"차라리 유인을 해볼까?"

"어떻게?"

"기념품숍에서 산 걸로."

윤우가 산 것은?
- ▶ 콩알탄 ········· 134페이지
- ▶ 소리나는 커링 ····· 136페이지
- ▶ 감귤/우도 초콜릿 ··· 138페이지

38 콩알탄

"콩알탄으로 놈들을 유인하는 거야!"
"오. 좋은 생각이야."
윤우는 콩알탄을 꺼내 차의 반대 방향으로 던졌다. 타다닥! 콩알탄이 요란한 소리를 내며 터지자 감염자가 그곳으로 뛰어갔다.
"성공이야!"
감염자가 차에서 멀어지니 이들은 차에 올라탈 수 있었다.
"이제 내가 활약할 차례네요."
운전석에 앉은 여자가 시동을 걸자, 차가 부드럽게 출

발했다. 감염자들이 뒤쫓아왔지만 금세 따돌렸다.

▶ ········ 148페이지로 이동

39 소리나는 키링

"놈들은 소리에도 반응하잖아. 키링을 이용하면 돼."
"쓸데없는 거 산다고 속으로 욕했는데 다 뜻이 있었구나?"
윤우는 키링에서 소리나도록 전원을 켠 뒤, 차와 반대 방향으로 힘껏 던졌다. 소리에 반응한 감염자가 키링이 떨어진 곳으로 뛰어갔다.
"성공이야!"
감염자가 차에서 멀어지니 이들은 차에 올라탈 수 있었다.
"이제 내가 활약할 차례네요."

운전석에 앉은 여자가 시동을 걸자, 차가 부드럽게 출발했다. 감염자들이 뒤쫓아왔지만 금세 따돌렸다.

▶ ········ 148페이지로 이동

40 감귤/우도 땅콩 초콜릿

"…야. 넌 이딴 걸 샀냐?"
준호는 윤우가 꺼내놓은 초콜릿을 보며 어이없었다.
"야… 지금은 쓸모없지만 언젠간 도움이 되거든."
초콜릿은 비상식량으로 더할 나위 없이 좋은 에너지원이었으나 지금은 필요 없었다. 윤우는 준호에게 물었다.
"너는 뭐 샀어? 네가 산 거에 따라 우리의 선택이 달라질 거야."

▶ 체험활동에서 한강유람선을 선택했다면
················ 140페이지
▶ 체험활동에서 ATV를 선택했다면
················ 144페이지

41 한강유람선을 탔다면

"난 안 샀지."

준호는 기념품숍에서 구경만 하고 구매하지 않았다. 그럼 이제 방법은 정면돌파뿐이었다.

"한 명이잖아. 우리가 제압할 수 있어."

윤우는 자신감이 넘치는 목소리로 준호를 바라보며 말했다. 방금 수많은 감염자를 뚫고 호텔 밖으로 나오지 않았는가. 준호도 고개를 끄덕였다.

"이 정도는 눈감고도 처리하지."

"…위험해요. 좀 기다리거나 다른 차를 찾아보는 것도…"

여자는 윤우와 준호를 말렸다. 그러나 그들은 귀 기울여 듣지 않았다.

"걱정하지 마세요. 저희는 MMA 대회에도 나간 선수들이에요. 아마추어이긴 하지만 평범한 고등학생은 아니거든요."

"아무리 그렇다고 해도…"

윤우와 준호는 과하게 자만했다.

"1분만 기다려요. 차에 타게 해드릴 테니까."

준호는 바닥에 떨어진 각목을 들고 감염자에게 달려갔다. 윤우는 옷걸이봉을 고쳐 쥐고 따라갔다. 감염자는 자신에게 달려오는 먹잇감을 발견하고 입을 크게 벌렸다. 준호는 각목으로 머리를 세게 내려쳤다. 퍽! 둔탁한 소리가 났지만 감염자는 쓰러지지 않고 달려들었다. 준호는 재차 각목으로 머리를 내려쳤다. 감염자의 머리가 깨지기는커녕 각목이 부러졌다.

"어?!"

감염자가 각목을 들고 있던 준호의 팔을 잡아 물었다.

"이 자식이!"

준호는 감염자에게 왼팔을 내준 대신 오른손으로 훅

을 날렸다. 보통 사람이라면 코뼈가 주저앉고 치아가 빠질 정도로 강한 펀치였으나 감염자는 손을 물고 놓지 않았다. 윤우가 감염자를 뒤에서 끌어안으며 옷걸이봉으로 목을 강하게 압박했다. 그제야 감염자는 준호의 팔을 놔주었지만, 이미 살점이 뜯겨나가 너덜너덜했다. 뚜득! 뼈가 부러지는 소리가 들리고, 감염자가 바닥으로 쓰러졌다.

멀리 떨어져서 이들을 지켜보던 여자와 세형, 강우, 건하가 달려왔다. 여자는 준호의 팔을 보고 깜짝 놀라며 입을 틀어막았다.

"무, 물린 거예요?"

"…네."

준호는 덤덤한 표정으로 운전석 문을 열었다.

"먼저 가세요."

"아니… 먼저 가라뇨… 본인은 어떻게 하려고요."

"전 물렸으니 같이 갈 수 없죠."

"혹시 모르잖아요. 아직 괜찮아 보이는데…"

"담임 선생님도 멀쩡해 보이다가 갑자기 변했어요. 저도 똑같을 거예요. 시간이 얼마나 걸릴지 모르는 것뿐이에요. 다른 감염자들이 오기 전에 어서 차에 타세요.

야, 너희도 빨리 타."

준호는 억지로 윤우를 차에 태웠다.

"널 두고 어떻게 가!"

윤우는 준호를 붙잡고 절규했다. 친구를 두고 간다는 건 상상하지 못할 일이었다.

"크…"

쓰러진 감염자가 몸을 일으켜 세웠다. 준호는 맨손으로 감염자를 붙잡았다. 아까와 달리 준호에게 달려들지 않고 윤우와 친구들을 보며 입맛을 다셨다. 감염자끼리는 서로 공격하지 않는 듯했다.

"어서 가시라니까요!"

그제야 여자는 운전석에 올라탔다. 준호의 친구들도 울먹이며 차에 탔다.

"준호야…"

준호는 대답하지 않고 감염자를 온몸으로 막았다. 차가 출발하자, 윤우는 참았던 눈물을 터트렸다.

▶ ········ 148페이지로 이동

42 ATV를 탔다면

"나 콩알탄 샀어."

"와. 네가 이렇게 도움이 되는구나."

준호는 ATV 내기에서 진 후, 윤우에게 기념품을 사주고 자신은 콩알탄을 샀다. 이게 이렇게 사용될 줄은 몰랐다. 윤우는 콩알탄을 꺼내 차의 반대 방향으로 던졌다. 타다닥! 콩알탄이 요란한 소리를 내며 터지자 감염자가 그곳으로 뛰어갔다.

"성공이야!"

감염자가 차에서 멀어지니 이들은 차에 올라탈 수 있었다.

"이제 내가 활약할 차례네요."

운전석에 앉은 여자가 시동을 걸자, 차가 부드럽게 출발했다. 감염자들이 뒤쫓아왔지만 금세 따돌렸다.

▶········ 148페이지로 이동

챕터 2
연구소 탈출

43 제주도의 미래

"제주도 내 난폭 바이러스 감염자의 수가 기하급수적으로 늘어나고 있습니다. 이미 컨트롤 타워가 무너져 통계를 내는 것조차 불가능합니다."

질병관리청장 고민욱은 손등으로 식은땀을 닦으며 입을 달싹였다. 제대로 된 통계와 양식도 생략하고 대통령에게 보고를 올려야 하는 아주 곤란한 상황이었다. 한 대통령은 짧게 쇼트커트한 머리카락을 뒤로 쓸어넘겼다. 푸석푸석한 얼굴은 그가 재난 발생 후 한숨도 자지 못했음을 알게 했다.

제주 도민과 여행객들의 핸드폰 위치를 추적해 동서

남북 거점 공공기관으로 대피하라고 재난문자를 발신했지만 얼마나 모일지 미지수였다. 그중 제주특별자치도청이 제일 안전하고 큰 대피소였다. 바로 옆에 경찰청과 소방청, 의회와 교육청까지 있어서 공무원들을 결집시키기 쉬웠다. 일찍이 군경이 합심해 주위에 바리게이트를 치고 요새를 만들었다. 그러나 감염자 수가 폭발적으로 늘어나면서 언제까지 안전할지 장담할 수 없었다.

"제주도청 상황은 어떤가?"

제주도청은 제주도 내에서 크고 넓은 공공기관이었지만 서울의 주요 공공기관에 비하면 턱없이 좁았다. 70만 명의 도민의 안전이 걱정됐다.

"약 삼백명 정도의 시민이 대피한 것으로 보고받았습니다. 아직 도내 물자 조달도 가능해서 상황이 아주 나쁘지 않습니다."

"약 70만 명의 도민 중 고작 300명만 대피했는데 상황이 아주 나쁘지 않다라…"

"…대통령님. 국정은 인정(人情)만으로 할 수 없습니다."

민욱은 물러서지 않고 의견을 개진했다. 한 대통령은 서늘한 눈빛으로 그를 쳐다보며 입을 열었다.

"제주도를 버리라고 안건을 올리는 게 합리적인 국정 운영이고?"

"대한민국 존립, 아니 세계의 존립이 달렸습니다. 우리나라 국민을 위한 선택입니다."

"제주도민도 대한민국 국민이네."

민욱은 잠시 숨을 골랐다. 지금 국회에선 제주도를 봉쇄하자는 안건을 제출하고 있었다. 이미 언론사와 SNS를 통해 제주도에 난폭 바이러스가 퍼졌다는 소식이 국내외로 알려졌다. 일부 사람들은 난폭 바이러스가 육지에도 들어오지 못하도록 제주도를 봉쇄하라며 시위를 진행하며 강하게 국회를 압박했다. 이는 해외도 마찬가지였다. 각국 정상들은 난폭 바이러스가 전세계에 퍼지지 않도록 철저히 대비하라며 앞다투어 성명을 냈다.

이미 제주도와 육지를 잇는 항공과 선박도 끊겼다. 이제 물자 지원도 끊고 고립시켜서 감염자들이 굶어죽게 만들자는 골자의 안건이 논의되고 있었다. 구조를 기다리는 제주도 내 미감염자를 외면하자는 것이다. 한 대통령은 이를 받아들일 수 없었다.

"대한민국 국민은 모두 국가의 보호를 받을 권리가

있네. 나는 그들을 지켜야할 위치에 있는 사람이고. 황형기 연구소장의 행방은 여전히 오리무중인가?"

다행히 얼마 전, 국립 바이러스 연구소에서 백신과 치료제 개발에 성공했다는 연구결과지를 보고받았다. 형기가 이끄는 연구팀의 성과였다. 아직 임상실험을 진행하지 못했지만 지금으로썬 곧바로 실용화해야만 했다. 부작용이 있다고 해도, 이보다 최악은 아닐 테니까.

"…제가 오늘 보고드리려고 한 내용입니다. 국립 바이러스 연구소에 헬기를 보내 확인하던 중 감염된 채로 활보하는 황형기 연구소장을 발견했습니다. 이미… 제주도는 끝났습니다."

안 좋은 소식을 전하는 민욱의 표정은 모순적이게도 밝았다. 마치 한 대통령이 희망을 버리길 원하는 것같았다.

"황 소장 혼자 난폭 바이러스를 연구한 것도 아니지 않나? 다른 연구원도 있을 텐데. 이럴 때를 대비해서 황 소장이 우리와 '소통'한 부분도 있고."

한 대통령이 희망의 끈을 놓지 않는 이유였다. 연구원들이 분명 '지정된 연구소'로 와줄 거라 믿었다.

"연락이 올 거라면 벌써 왔을 겁니다. 모든 일에는 골든 타임이…"

"질병이 유행하면 대처를 해야지, 무작정 감염자를 멸살시킬 생각뿐인가…"

한 대통령의 조소에 민욱은 혀로 입술을 축였다.

"…죄송합니다."

"무엇을 걱정하는지 다 알고 있네. 나 역시 감염자가 육지로 들어오지 못하도록 노력하고 있고."

한 대통령은 테이블 위 보고서를 내려다보았다. 달달 외울 정도로 수십번 본 문건이었다.

"국민을 위해 최소한 노력이라도 하는 모습을 보여주면 좋겠군. 우리가 이 자리에 앉은 이유지 않나."

"…제가 생각이 짧았습니다."

"치료제와 백신을 개발할 연구원을 어떻게든 찾아오게."

"네. 최선을 다하겠습니다."

민욱이 목례하고 대통령실을 빠져나갔다. 한 대통령은 눈을 감고 관자놀이를 지그시 눌렀다. 국가를 책임질 대통령으로 이 끔찍한 바이러스를 종식시킬 의무가 있었다. 그게 자신을 믿고 뽑아준 국민을 위한 보답이었다.

육지와 통로가 모두 단절되었으니 음식과 물자가 바닥나는 건 시간문제였다. 미감염자들이 굶어죽을 수 있다는 말이었다. 빨리 치료제와 백신을 개발할 수 있는 연구원의 행방이 파악되어야 했다. 유일한 '인류의 희망'이었다. 한 대통령의 표정이 어두워졌다.

▶ ········ 154페이지로 이동

44 인류의 희망

　[제주특별자치도청] 제주도 전역에 정체불명 바이러스 유포. 바이러스에 감염되면 이성을 잃고 폭력적으로 변하니 각별히 유의하시길 바랍니다. 시민들은 제주특별자치도청으로 대피하십시오.

　해원은 깨진 핸드폰 액정을 내려다보았다. 계속 봐도 내용이 달라지지 않지만 문자메시지를 복기했다. 형기가 난폭 바이러스에 감염된 지 하루 만에 제주도 전역에 퍼졌다. 이 사실을 바로 정부에 알렸어야 했는데, 핸드폰을 숙직실에 두고 와서 연락하지 못했다. 핸드폰을 찾

앉을 땐 이미 통신이 끊어진 후였다.

미감염자를 찾기 위해 연구소를 돌아다녔지만 수확이 없었다. 이제 정말 방법이 없었다. 해원은 자신이 해야 할 일을 떠올렸다. 형기는 난폭 바이러스가 한 번 퍼지면 걷잡을 수 없을 거라고 수차례 경고했다. 물론 본인 때문에 그렇게 될 줄 몰랐겠지만. 이때를 대비해서 대응 매뉴얼을 만들어 연구소장실의 책상 아래 금고에 넣어두었다고 알려줬다. 혹시 자신의 신변에 문제가 생기면 해원이 대신 매뉴얼대로 움직이라고 지시했다.

"…이제 어떻게 할까요?"

현진이 해원의 옆에 앉으며 물었다. 숙직실부터 연구실을 돌아다니면서 미감염자를 찾기 위해 노력했지만 한 명도 발견하지 못했다. 그들이 부디 연구실 밖으로 도망친 것이길 바랄 뿐이다.

"우리도 도청으로 갈까요?"

"먼저 연구소장님의 사무실로 가야 해요."

"왜요?"

"그곳에 난폭 바이러스 대응 매뉴얼이 있어요."

"그걸 가지고 도청으로 가면 돼요?"

"우선 매뉴얼부터 보고요. 정부에서 우리를 만나러

연구소로 오고 있을지도 몰라요. 난폭 바이러스에 대해 연구하는 걸 아니까요."

제주도 전역에 난폭 바이러스가 퍼졌으니, 정부는 섬을 봉쇄해서 추가 감염을 막을 것이다. 한국뿐만 아니라 전세계가 위험해질 수 있기에 제주도를 통째로 날릴지도 모른다. 물론 이건 최악의 시나리오였다. 그 상황만큼은 막아야 했다. 현진은 총을 장전하며 물었다.

"연구소장실은… 제일 위층이죠?"

"…네. 그 전에 백신과 치료제부터 가지고 가죠. 감염자들의 난동으로 보관 냉장고에 문제가 생기면 큰일이니까요."

당신의 선택은?
▶ 찬성한다 ········ 158페이지
▶ 반대한다 ········ 168페이지

45 찬성한다

"그렇게 하죠. 약은 어디에 있죠?"

현진은 군소리 없이 해원의 말을 따랐다.

"근처에 보관 냉장고가 있어요. 저를 따라오세요."

해원은 형기에게 감염자의 피를 주사했던 연구실로 향했다. 연구소 보안 프로그램의 고장으로 방화벽이 모두 올라간 상태였다. 연구실 안에 있던 감염자들은 새로운 먹잇감을 찾기 위해 밖으로 나가서 오히려 내부는 한적했다.

냉장고가 있는 연구실 안으로 들어오자 해원의 안색이 안 좋아졌다. 현진은 모르지만 두 사람의 몸싸움 흔적이 그대로 남아있었다. 바이러스에 감염되어 날뛰던 형기의 모습이 선명하게 떠올랐다. 해원의 호흡이 눈에 띄게 불안정해졌다. 옆에 있던 현진이 눈치챌 정도였다.

"괜찮아요?"

"네. 괜찮아요."

해원은 애써 괜찮은 척하며 말을 이었다.

"일을 배분하죠. 한 명은 백신과 치료제를 챙기고, 다른 한 명은 감염자가 오지 않는지 밖을 보는 거예요."

일 배분을 어떻게 할까?

▶ 해원이 백신과 치료제를 챙긴다 · · · 160페이지
▶ 현진이 백신과 치료제를 챙긴다 · · · 164페이지

46 해원이 백신과 치료제를 챙긴다

"제가 약을 챙길 테니 밖을 감시해 주세요."
"그렇게 하죠."
현진은 역할 배분에 수긍하며 권총을 들고 문으로 다가갔다. 연구원인 해원이 백신과 치료제를 챙기고 보안팀인 현진이 망을 보는 게 합리적이었다. 해원은 의료용 침대 아래에 보관된 아이스박스를 꺼냈다. 순간 그곳에 누워있던 형기의 얼굴이 떠올랐다. 난폭하게 울부짖던 형기를 떠올리자 심장이 쿵쾅거렸다. 냉장고 문을 여는 해원의 손이 덜덜 떨렸다. 안에는 백신과 치료제가 담긴 유리 시험관이 들어있었다. 10개씩 총 2박스가 있어야

할 시험관은 1박스만 있었다. 그 위에 포스트잇이 붙어 있었다.

먼저 도청으로 떠날게. 우리가 실패하면 뒤를 부탁해.

일부 연구원들이 백신과 치료제를 가지고 먼저 도청으로 가면서 남긴 흔적이었다. 다행이었다. 한 팀이라도 정부에 약을 전달할 수 있다면 난폭 바이러스를 종식시킬 수 있다.
"할 수 있어. 괜찮아."
해원은 백신과 치료제를 꺼내기 위해 손을 뻗었다. 육안으로 봐도 티가 날 정도로 손이 심하게 떨렸다. 망을 보고 있던 현진도 놀란 얼굴로 걱정했다.
"연구원님. 괜찮으세요? 손을 너무 떠시는데…"
"괜찮, 앗!"
쨍그랑! 10개의 시험관이 들어있는 박스를 통째로 떨어트리고 말았다. 시험관이 깨지며 유리 파편이 튀었다. 백신과 치료제가 섞여 바닥을 적셨다. 현진이 깜짝 놀라서 달려왔다. 해원은 허탈한 얼굴로 깨진 시험관을 내려다보았다.

"이제 어떻게 하죠?"

"치료제를 제조할 재료를 챙길게요. 다른 연구소에서 제작하게 될 수도 있으니까요."

해원은 떨리는 손으로 머리카락을 쓸어 넘기며 말했다. 현진은 말을 얹지 않고 입을 다물었다. 햇볕이라고는 쬐어본 적 없는 것 같은 해원의 하얀 피부가 더욱 하얗게 질려있었다. 까맣고 긴 속눈썹은 파르르 떨렸다. 불안에 떨고 두려워하는 게 눈에 보여서 안쓰러웠다. 전에는 까칠하고 예민한 연구원이라고 생각했는데, 지금 보니 두려움이 많은 남자였다. 속내를 감추기 위해 일부러 날을 세우고 사람을 대하는 게 눈에 보였다. 현진은 말보다 행동할 때라고 생각했다.

"어떤 걸 담으면 되죠? 저한테 이야기해 주세요."

현진은 덜덜 떠는 해원을 대신해서 아이스박스에 재료를 담았다.

"아이스박스는 제가 들게요."

현진은 아이스박스를 들고일어났다. 해원에게 맡기기 불안했다.

"아뇨. 권총과 아이스박스를 함께 들게 할 수 없죠. 끈이 달려있으니 제가 떨어트리지 않게 단단히 맬게요."

아이스박스를 어깨로 멜 수 있도록 끈이 달려있었다.
해원은 크로스백 형식으로 아이스박스를 들었다.
"…연구소장실로 가죠."

▶ ········ 172페이지로 이동

47 현진이 백신과 치료제를 챙긴다

"연구원님. 지금 몸을 엄청 떨고 있어요."

현진은 사시나무처럼 몸을 떠는 해원을 걱정스럽게 바라봤다. 자신이 몸을 떨고 있다는 것도 모를 정도로 공포에 질린 상태였다. 해원은 한쪽 어깨를 붙잡으며 떨림을 멈추기 위해 노력했다.

"…제가 공황장애를 앓고 있어서 그래요."

해원은 왼손으로 오른손을 붙잡았지만, 떨림은 멈추지 않았다. 현진은 물끄러미 그를 내려다보았다. 햇볕이라고는 쬐어본 적 없는 것 같은 해원의 하얀 피부가 더욱 하얗게 질려있었다. 까맣고 긴 속눈썹은 파르르 떨렸다. 불안에 떨고 두려워하는 게 눈에 보여서 안쓰러웠다. 전에는 까칠하고 예민한 연구원이라고 생각했는데, 지금 보니 고양이 같은 남자였다. 겁을 먹은 걸 감추기 위해 일부러 날을 세우고 사람을 대하는 게 눈에 보였다. 현진은 해원의 곁으로 다가갔다.

"백신을 옮겨 담다가 괜히 떨어트릴 수도 있어요. 망을 보시면 제가 약을 담을게요."

현진은 권총을 해원의 손에 쥐여주었다.

"대한민국 남자니까 군대 다녀오셨을 거 아니에요. 총 쏘는 것쯤은 아시죠?"

"…네."

권총을 쥔 해원의 손이 불안하게 떨렸다. 현진은 양손으로 그의 손을 포개어 잡았다.

"두려워할 거 없어요. 봤잖아요, 이곳에 남은 감염자도 얼마 없어요. 그냥 서 있기만 하면 돼요."

해원은 고개를 끄덕이고, 자리에서 일어나 문 앞으로 다가갔다. 현진은 냉장고를 열어 백신과 치료제를 확인했다. 시험관 10개가 꽂아져 있는 박스가 보였다. 그 위에는 메모가 한 장 붙어있었다.

먼저 도청으로 떠날게. 우리가 실패하면 뒤를 부탁해.

메모를 확인한 현진은 희망을 보았다. 한 팀이라도 정부에 백신과 치료제를 전달할 수 있다면 난폭 바이러스를 종식시킬 수 있다. 현진은 빠르고 정확하게 약물을 아이스박스에 옮겨 담았다. 그리고 해원에게 다가갔다.

"백신과 치료제 10개 1박스 모두 챙겼어요. 이런 메모도 있더라고요."

현진은 발견한 메모지를 보여줬다. 해원의 표정이 밝아졌다.

"제조한 약은 총 2박스였어요. 1박스만 있었다면 백신과 치료제를 가지고 간 연구원이 있나 봐요."

난폭 바이러스라는 걸 알고 백신을 가져간 것이면 분명 연구 1팀의 연구원일 것이다. 실험실을 나가기 전, 해원은 의료용 침대 옆 옷걸이에 걸린 형기의 연구복 주머니를 뒤졌다. 형기의 아이디카드를 꺼내 목에 건 후 현진에게 다가가 말했다.

"아이스박스, 제가 들게요."

"괜찮아요. 안 무거워요."

"…저는 감염자를 제압하지 못해요. 제가 약물을 운

반할 테니 경호를 부탁드릴게요."

해원은 헬스장에서 러닝머신이나 뛰어봤지, 운동을 즐기진 않았다. 특수부대 출신에 각종 격투기를 배운 현진과 달랐다. 둘 중 한 명이 감염자를 제압해야 한다면 그건 현진이 맡는 게 나았다.

"그럼 부탁드릴게요."

아이스박스를 어깨로 멜 수 있는 끈이 달려있었다. 해원은 크로스백 형식으로 아이스박스를 들었다.

"…연구소장실로 가죠."

▶ ········ 172페이지로 이동

48 반대한다

"아뇨. 그건 별로 좋은 생각이 아니에요."

현진은 해원의 의견에 반대했다.

"백신과 치료제를 들고 가다가 감염자가 달려들면요? 약물이 든 보관함이 깨질 수도 있어요."

"그렇긴 하지만…"

"지금 우리 둘밖에 없잖아요. 감염자가 어디에서 튀어나올지도 모르는데 너무 위험해요."

해원은 고개를 끄덕이며 수긍했다. 꼬박 하루 동안 같이 연구소를 돌아다니면서 감염자를 제압한 건 현진이었다. 해원도 도왔지만 자기 몸 하나 간수하기도 힘들었다. 이런 상황에서 좀 더 유연한 사고를 할 수 있는 건 현진이었다. 해원은 그의 말을 따르기로 했다.

"그렇게 하죠. 연구소장실로 가요."

목적지가 정해졌으니 뜸 들일 필요가 없었다. 두 사람은 계단을 뛰어 올라갔다. 어슬렁거리며 돌아다니던 감염자들이 발소리를 듣고 모여들기 시작했다. 탕! 탕탕! 현진은 감염자들을 향해 총을 쐈다. 치료제가 상용화되면 치료받을 수 있도록 머리가 아닌 팔과 다리를 조준했다. 문제는 감염자들이 크게 다치지 않으니, 잠시 주춤거렸다가 금세 다시 따라붙었다. 현진은 빈 탄창을 버리고 새 탄창으로 갈아끼웠다. 뒤에서 불쑥 나타난 감염자가 해원을 덮쳤다. 어깨를 잡은 손을 뿌리친 해원은 얼굴을 확인하고 크게 놀랐다.

"최석훈!"

연구1팀 소속 연구원이었다. 연구 실력도 뛰어나고 성격도 좋아 팀원들과 두루두루 잘 지내는 '인싸'였다. 해원에게 스스럼없이 장난을 칠 수 있는 유일한 동기였다. 이렇게 마주하게 될 줄이야. 석훈은 해원을 밀어 넘어뜨렸다. 두 사람의 몸이 얽히자, 현진은 함부로 총을 쏠 수 없었다. 자칫 잘못하면 해원이 다치기 때문이다.

"감염자를 꽉 붙잡을 수 있겠어요?! 조준할 수 있게요!"

현진은 석훈을 총으로 쏴서 제압하려고 했다. 그러나 해원의 생각은 달랐다.

"아뇨! 총은 쏘지 마세요. 치료제를 가져와서 주사하면 돼요! 난폭 바이러스는 치료제로 비활성화 상태로 만들 수 있지만, 다친 몸은 회복하지 못해요!"

"그러다가 당신이 물린다고!"

해원은 석훈을 치료해서 함께 갈 생각이었다. 혼자 가는 것보다 같은 팀 연구원 한 명이라도 더 데려가는 게 나았다. 현진은 어쩔 수 없이 권총을 내려두고 다른 방법을 찾아야 했다.

현진은 뒤에서 석훈을 잡아 끌어냈다. 바닥에 깔려있던 해원은 몸을 누르던 육중한 무게가 사라지자, 숨을 거칠게 몰아쉬었다.

"크아아악!"

석훈은 몸을 버둥거리며 발악했다. 현진은 힘이 점점 빠져 제압하기가 버거워졌다. 해원은 근처에 떨어져 있던 삼각대 봉을 들고 왔지만 어떻게 도와줘야 할지 몰라서 머뭇거리고 있었다. 석훈은 크게 몸을 비틀었고 현진의 손이 풀리고 말았다.

"캬아악!"

현진은 돌진하는 석훈의 목젖을 강하게 눌렀지만 아랑곳하지 않고 머리를 들이밀었다. 해원이 삼각대 봉으로 석훈의 옆구리를 밀어냈지만 꿈쩍도 하지 않았다. 오히려 성가시다는 듯이 봉을 잡아 세게 밀자, 해원은 중심을 잃고 넘어졌다.

"으윽!"

현진은 이를 악물고 힘을 끌어모았으나, 석훈의 힘이 더 셌다. 와드득! 목에서 느껴지는 후끈한 통증에 현진의 손에 힘이 풀렸다. 석훈은 때를 놓치지 않고 목에 이어 팔뚝을 물었다. 우그적, 우그적. 살을 씹는 소름 끼치는 소리가 들리고, 현진의 몸이 크게 비틀거렸다. 해원은 삼각대 봉을 들고 다시 일어났으나, 이미 늦었다. 들고 있던 삼각대 봉을 떨어트리자, 요란한 소리가 들렸다. 석훈은 새로운 먹잇감을 향해 시선을 돌렸다. 해원은 얼굴이 하얗게 질려 뒷걸음질했다. 희로애락을 나누던 직장 동료였지만 지금은 가장 위험한 존재였다. 석훈이 달려들자, 해원의 비명이 길게 울려 퍼졌다.

▶ **배드엔딩. 안정보다 순리대로**

49 감염자의 습격

두 사람은 계단을 뛰어 올라갔다. 어슬렁거리며 돌아다니던 감염자들이 발소리를 듣고 모여들기 시작했다. 탕! 탕탕! 현진은 감염자들을 향해 총을 쐈다. 치료제가 상용화되면 치료받을 수 있도록 머리가 아닌 팔과 다리를 조준했다. 문제는 감염자들이 크게 다치지 않으니, 잠시 주춤거렸다가 금세 다시 따라붙었다. 현진은 빈 탄창을 버리고 새 탄창으로 갈아끼웠다. 뒤에서 불쑥 나타난 감염자가 해원을 덮쳤다. 어깨를 잡은 손을 뿌리친 해원은 그의 얼굴을 확인하고 크게 놀랐다.

"최석훈!"

연구1팀 소속 연구원이었다. 연구 실력도 뛰어나고 성격도 좋아 팀원들과 두루두루 잘 지내는 '인싸'였다. 해원에게 스스럼없이 장난을 칠 수 있는 유일한 동기였다. 이렇게 마주하게 될 줄이야. 석훈은 해원을 밀어 넘어트렸다. 두 사람의 몸이 얽히자, 현진은 함부로 총을 쏠 수 없었다. 자칫 잘못하면 해원이 다치기 때문이다.

"감염자를 꽉 붙잡을 수 있겠어요?! 조준할 수 있게요!"

현진은 석훈을 총으로 쏴서 제압하려고 했다. 그러나 해원의 생각은 달랐다.

"아뇨! 총은 쏘지 마세요. 치료제를 가져와서 주사하면 돼요! 난폭 바이러스는 치료제로 비활성화 상태로 만들 수 있지만, 다친 몸은 금방 회복하지 못해요!"

"그러다가 당신이 물린다고!"

해원은 석훈을 치료해서 함께 갈 생각이었다. 혼자 가는 것보다 같은 팀 연구원 한 명이라도 더 데려가는 게 나았다. 현진은 어쩔 수 없이 권총을 내려두고 다른 방법을 찾아야 했다. 상황이 긴박하게 돌아갔다.

현진은 뒤에서 석훈을 잡아 끌어냈다. 바닥에 깔려있던 해원은 몸을 누르던 육중한 무게가 사라지자, 숨을 거칠게 몰아쉬었다.

"크아아악!"

석훈은 몸을 버둥거리며 발악했다. 현진은 힘이 점점 빠져 제압하기가 버거워졌다. 해원은 근처에 떨어져 있던 삼각대 봉을 들고 왔지만 어떻게 도와줘야 할지 몰라서 머뭇거리고 있었다. 석훈은 크게 몸을 비틀었고 현진의 손이 풀리고 말았다.

"캬아악!"

현진은 돌진하는 석훈의 목을 조르며 밀어냈지만 아랑곳하지 않고 머리를 들이밀었다. 해원이 삼각대 봉으로 석훈의 옆구리를 밀어냈지만 꿈쩍도 하지 않았다. 오히려 성가시다는 듯이 봉을 잡아 세게 밀자, 해원은 중심을 잃고 넘어졌다.

"으윽!"

현진은 이를 악물고 힘을 끌어모았으나, 석훈의 힘이 더 셌다. 와드득! 목에서 느껴지는 후끈한 통증에 현진의 손에 힘이 풀렸다. 석훈이 팔뚝을 물려고 하자, 해원은 삼각대 봉으로 머리를 가격했다. 쿵! 머리를 내리치자 몸의 중심이 흔들렸고 현진은 때를 놓치지 않고 다리를 걸어 넘어트렸다. 두 사람은 누가 먼저라고 할 것도 없이 계단을 뛰어 올라갔고 석훈이 뒤를 바짝 쫓았다. 5층으로 올라가자마자 연구소장실이 보였다. 해원은 주머니 속에서 형기의 아이디카드를 꺼내 출입문에 가져다 댔다. 문이 열리자마자 안으로 들어가 문을 닫았다. 간발의 차이로 석훈을 따돌리는데 성공했다.

"하아… 하아…"

해원과 현진이 거칠게 숨을 몰아쉬었다. 쿵! 쿵쿵! 문에 몸을 부딪치는 소리가 들렸다. 아무리 감염자가 힘이 세다고 해도 쇠로 만들어진 문을 맨몸으로 부술 수 없다. 쿵쿵 거리는 소리는 잠시 후 잠잠해졌다.

해원은 현진의 목을 살펴봤다. 다행히 물기만 해서 잇자국만 남아있었다. 살이 뜯겨서 근육과 뼈가 노출되면 2차 감염을 주의해야 했다.

"이제 어떻게 하죠?"

현진은 절망스러운 목소리로 물었다. 해원은 침착하게 말했다.

"괜찮아요. 우리에겐 치료제가 있어요."

"치료제! 맞아요. 치료제를 가져왔죠."

현진은 치료제가 있다는 사실을 깨닫고 표정이 밝아졌다. 난폭 바이러스가 활성화되기 전 치료제를 맞으면 된다. 해원은 아이스박스에서 치료제를 꺼내 주사기에 주입했다.

"후우… 후우…"

해원의 호흡이 불안정해졌다. 형기에게 치료제를 투여하려고 하다가 실패한 게 떠올랐다. 이번에도 실패하면 정말 큰일 난다.

"긴장하지 마세요."

현진은 아무렇지 않은 척, 해원을 안심시켰으나 컨디션이 급격히 저조해졌다. 술을 많이 마신 다음 날처럼 어지럽고 속이 울렁거렸으며 감염자가 깨문 곳이 불에 덴 것처럼 화끈거렸다. 빨리 치료제를 투약해야 했다. 해원은 현진의 팔뚝을 잡고 주사기 바늘을 혈관 가까이 가져다 댔다.

"후우, 후우, 후우…"

해원은 주사기를 꽂지 못하고 거친 호흡만 내쉬었다. 현진은 속이 부글부글 끓었다. 화가 난다는 의미가 아니라, 진짜로 피가 끓어오르는 기분이었다. 난폭 바이러스가 활성화되는 중이었다.

당신의 선택은?
▶ 재촉한다 · · · · · · · · · · · · · · · · 178페이지
▶ 잠시 시간을 준다 · · · · · · · · · · · · 184페이지

50 재촉한다

"정신 똑바로 차려요. 빨리 치료제를 주사하지 않으면 저도 감염자들처럼 변한다고요!"

현진이 소리치자, 해원은 화들짝 놀라며 주사기를 든 손을 뒤로 뺐다.

"아니, 그러면 안 되지! 치료제를 주사해야 한다니까!"

현진은 주사기를 들고 있는 해원의 손을 잡아당겼다.

"자, 잠시만요!"

위급한 상황이었다. 해원이 안정을 찾도록 기다려주다가 난폭 바이러스가 활성화될 수도 있다. 마음이 조급하니 여유가 사라졌다. 현진은 방법을 바꾸기로 했다. 팔을 뻗어 해원의 머리카락을 거칠게 잡아 바짝 당겨왔다.

"야. 정신 똑바로 차려."

현진은 해원과 눈을 마주치며 낮은 목소리로 말했다.

"내가 군대에서 너 같은 새끼들을 좀 봤거든? 어디 아파서 못한다, 어째서 안된다 하는 놈들은 몇 대 맞으니까 정신 차리더라고."

쿵! 현진은 해원을 밀어 바닥에 넘어트리고 몸 위에 올라탔다. 바들바들 떨리던 몸이 현진의 몸무게에 눌려 옴짝달싹 못했다. 퍽! 주먹을 맞은 해원의 얼굴이 돌아갔다. 입가가 터져 핏방울이 올라왔다.

"어때. 이제 주사를 놓을 수 있겠지?"

해원이 숨을 헐떡이며 고개를 끄덕였다. 현진은 주사기를 쥔 해원의 손을 팔뚝으로 잡아끌었다. 주삿바늘이 혈관을 뚫고 들어갔다.

"거 봐, 잘하잖아."

현진은 치료제를 맞고 안심했다. 깔고 앉았던 해원의 몸 위에서 일어나 손을 내밀었지만, 그는 잡지 않고 시선을 외면했다. 현진은 조금 미안한 마음도 들었지만 후회하지 않았다. 이렇게라도 하지 않았다면 치료제를 주사하지 못하고 감염자가 됐을 것이다.

"이제 문서를 찾을까요?"

현진은 부드럽고 매너 있는 말투를 되찾았다. 해원은 자리에서 일어나 연구소장의 책상으로 다가갔다.

"제가 찾을 테니 쉬고 있어요. 치료제가 활성화되면 피곤하고 졸릴 거예요."

현진은 연구소장의 의자를 당겨와 앉았다. 해원이 서랍을 열어보는 모습을 지켜보는데 졸음이 밀려왔다. 의자 등받이에 기대고 잠시 눈을 감았다.

"…?"

눈을 뜬 현진은 몸을 움직일 수 없었다. 고개를 내려 확인해 보니 의자에 몸이 묶인 상태였다. 무슨 상황이지? 현진은 고개를 돌려 주위를 살펴봤다. 해원이 통유리창 앞에 기대앉아 서류를 읽고 있었다.

"이게 뭐 하는 짓이에요?"

서류를 보던 해원의 시선이 현진에게 향했다. 그는 평온한 목소리로 말했다.

"…아직 난폭 바이러스가 활성화되지 않았군."

"그게 무슨 소리야? 난 치료제를 맞았어!"

"용량을 모두 주입하지 않았거든. 약물이 효과가 있으려면 정량을 주입하는 건 기본이지."

해원의 말에 현진의 얼굴이 하얗게 질렸다. 몸을 이리저리 움직였지만 의자에 묶여서 움직일 수 없었다.

"뭐? 다, 당장 나한테 남은 치료제를 놔줘! 안 그러면… 당신도 위험하다고!"

해원은 서류를 바닥에 내려두고 창밖을 바라봤다. 해변가에는 감염자들이 먹잇감을 찾아 돌아다니고 있었다. 미감염자는 보이지 않았다. 난폭 바이러스가 제주도 전역을 삼킨 것이다.

"…상관없어. 난 포기했거든."

"미쳤어? 죽으려면 너 혼자 죽어!"

현진은 발악하듯이 소리쳤다. 해원은 그 모습을 보며 비웃었다.

"네가 살아있다고 뭐가 변하는데? 그냥 감염자가 되어서 편해지는 게 나."

현진은 이를 뿌득 갈았다. 처음부터 마음에 안 들던 놈이었다. 이젠 그가 나약함을 감추기 위해 까칠한 척,

센 척하고 있다는 걸 안다. 현진은 무작정 비위를 맞춰 주는 것보다는 적당히 자극하는 방식을 선택했다.

"헛짓거리 하지 말고 나에게 치료제를 놔. 그럼 내가 널 도청으로 데려다줄게. 백신과 치료제만 있으면 넌 영웅이 되는 거야! 난폭 바이러스에서 인류를 구하는 거라고!"

자기 잘난 줄 아는 콧대 높은 연구원이었다. 아주 매력적인 제안이라고 생각했으나 해원의 표정은 변화가 없었다.

"이 사태가 왜 일어난 줄 알아?"

현진이 알 리가 없다. 해원은 고해성사를 시작했다.

"내가 백신과 치료제를 가져가도 처벌받을 거야. 많은 사람이 희생되었으니 평생 감옥에서 썩겠지. 목숨을 걸고 약을 지킬 필요가 없어. 차라리 여기서 죽는 게 나을지도 몰라."

"네가 왜 처벌을 받아?! 네가 난폭 바이러스를 퍼트린 것도 아니잖아!"

해원은 아무 말 하지 않고 힘없이 웃었다. 현진의 머릿속에 한 가지 가설이 스쳤다.

"설마…"

해원은 자리에서 일어나 연구소장 테이블로 다가갔다. 그 위에 놓인 라이터를 들어 불을 켰다. 서류의 모서리에 불을 대자, 순식간에 종이가 타올랐다. 현진은 깜짝 놀라 소리쳤다.

"야, 그거 중요한 문서라면서…!"

"그래서 없애는 거야. 아무도 찾을 수 없게. 백신과 치료제를 다시 만들려면 시간이 걸릴 거야. 그동안 나라가 망하지 않고 견딜지 모르겠지만…"

해원은 텅 빈 눈동자로 슬픈 웃음을 지었다.

▶ 배드엔딩, 의지를 잃어버린 해원

51 잠시 시간을 준다

"아직 괜찮아요. 그러니 무리하지 말고 안정되면 치료제를 놔주세요."

현진은 해원을 배려했다. 공황장애를 앓고 있으니 재촉하는 게 독이 된다는 걸 알고 있었다.

"제 몸을 의자에 묶어주세요. 돌변해도 연구원님이 안전할 수 있도록요."

어차피 치료제가 있으니 난폭 바이러스가 활성화돼도 상관없었다. 해원이 어떻게든 해주겠지. 현진은 마음을 편하게 먹었다. 두려움에 떨던 해원이 고개를 들어 현진과 눈을 마주했다.

"사실… 감염자에게 치료제를 주사하는 게 처음이 아니에요."

해원이 어렵게 입을 열었다. 현진은 조용히 그의 목소리에 집중했다.

"난폭 바이러스는 사람에 따라 활성화되는 시기가 달라요. 잠복기가 길 수도, 거의 없을 수도 있죠. 동물 실험을 통해 알아낸 결과지만 이번 사태로 인간도 비슷하다는 걸 확인했어요. 그러니 시간이 없다는 건 알고 있지만…"

말을 쏟아내던 해원이 잠시 숨을 골랐다. 의도한 건 아니지만 난폭 바이러스를 제주도 전역에 퍼지게 했다는 죄책감 때문에 힘들었다. 누구한테라도 털어놓고 싶었다.

"연구소에 난폭 바이러스가 퍼진 건… 저와 연구소장님 때문이에요."

해원의 예상대로 현진은 깜짝 놀랐다.

"연구소장님은 진취적이고 욕심이 많은 분이었죠. 치료제를 개발하고 완벽하다고 자부하셨어요. 그러나 사용 승인이 나려면 남은 절차가 많았죠. 시간이 없다고 하셨어요. 난폭 바이러스가 퍼지기 시작하면 걷잡을 수 없다는 걸 아신 거죠. 자기 몸에 감염자의 피를 주입하고 치료제를 테스트해 보자고 하셨어요. 그런데 제가 치료제를 제대로 주사하지 못해서… 이 사달이 난 거고요."

해원은 양손으로 머리를 감싸고 주저앉았다. 또 같은 실수를 할까 봐 무서웠다.

"치료제만 대량 공급되면 감염자도 나을 수 있어요. 그렇지만… 머리나 장기를 심하게 훼손당했다면 다르죠. 난폭 바이러스로 동력을 얻어 움직였던 것이니, 치료제를 맞으면 신체 기능이 멈출 거예요."

현진은 연구소를 돌아다니면서 많은 감염자를 봤다. 하반신이 없이 두 팔로 몸을 지탱하고 달려들던 사람, 복부를 훼손당해 장기가 쏟아진 사람은 상식적으로 살아있다고 볼 수 없었다.

"이게 다 저 때문이에요. 치료제를 가져가도 이미 늦었어요…"

해원은 모든 걸 내려놓고 싶었다. 희망이 보이지 않았다. 이대로 어디로 사라져 버리는 게 나을 것 같았다.

"…그래서 포기할 거예요?"

"컨트롤타워가 망가졌다면 정부가 우리를 찾으러 온

다고 보장할 수 없어요. 그렇다면 우리 둘이 백신과 치료제를 가져가야 하는데 가능하겠어요?"

"할 수 있어요."

현진은 해원의 손을 잡자, 떨림이 고스란히 느껴졌다. 정신적으로 많이 힘들어하고 있었다.

"큰 잘못을 한 건 맞아요. 난폭 바이러스로 많은 사람들이 감염되고 죽었죠. 그렇지만 살아남은 사람들은 분명히 있을 거고, 백신과 치료제를 기다릴 거예요. 경상을 입은 감염자들은 치료제만 있으면 되잖아요. 그런 사람들까지 포기할 거예요?"

"…제가 용서받을 수 있을까요?"

해원이 목소리가 형편없이 떨렸다.

"난폭 바이러스에 감염되지 않기를 바라며 백신과 치료제를 만든 거잖아요. 사람을 구하고 싶은 마음에 잘못된 선택을 한 거고요. 당신은 난폭 바이러스를 종식시킬 수 있는 유일한 사람이에요. 용서를 받으려면 최선을 다해야죠. 할 수 있는 건 모두 해봐요."

해원이 숙이고 있던 고개를 다시 들었다. 불안정했던 호흡과 떨리던 손도 어느새 안정됐다. 다시 주사기를 든 그의 눈빛이 달라졌다. 망설이지 않고 현진의 팔뚝에 주사기를 꽂았다.

"결자해지(結者解之)… 제가 일을 벌였으니 마무리도 지어야죠."

해원은 굳은 의지를 다졌다. 우선 정부에 백신과 치료제를 전달하고, 그 후의 일은 나중에 생각하기로 했다. 치료제를 맞은 현진의 안색이 눈에 띄게 좋아졌다.

"서류를 찾아야 한다고 했죠?"

"그건 제가 할게요. 잠시 쉬고 있어요."

해원은 연구소장의 책상 아래를 확인했다. 그곳에는 검은 금고가 있었다. 금고에 형기의 아이디카드를 태그하니 문이 열렸다. 안에는 서류봉투와 무전기가 놓여 있었다. 해원은 그것을 꺼내 들어 현진을 향해 들어 보였다.

"이거예요."

해원은 서류봉투 속에서 자료를 꺼내 확인했다.

[난폭 바이러스 대응 매뉴얼]

이 서류는 난폭 바이러스가 제주도 전역에 퍼졌을 상황을 대비하여 만들어졌다. 보안이 필요한 문서로 연구1팀의 석해원, 최석훈 연구원에게만 매뉴얼의 존재에 대해 알려줬다. 이 매뉴얼을 본다는 건 이미 되돌릴 수 없는 사건이 일어났다는 것이다. 두 사람 중 먼저 보는 사람은 다음과 같이 행동하여야 한다.

  1. 서류 제일 뒷장에 백신과 치료제 제조 방법을 정리했다. 아직 공개하지 않았지만 대량 제조 방법도 기술했다. 이 방법을 사용하면 백신과 치료제를 대량 공급할 수 있다.

  2. 정부에서 제주특별자치도청으로 오라는 재난 문자 메시지를 보냈을 거다. 그러나 우리 연구원들은 도청으로 가면 안 된다. 동부에 비밀 연구소가 있다. 위급 시 사용할 목적으로 만들어진 곳으로 상주 직원 한 명이 관리한다. 난폭 바이러스에서 안전한 곳이니 백신과 치료제를 제조할 수 있을 거다. 자세한 주소는 첨부한다.

  3. 무전기에 건전지를 넣어서 군부대와 소통해라. 우리의 연락을 기다리고 있을 거다. 주파수는 미리 맞춰놨다.

매뉴얼을 읽은 해원은 난폭 바이러스를 종식시킬 수 있겠다는 희망을 보았다. 매뉴얼을 읽지 않았다면 비밀 연구소의 존재도 모르고 무작정 도청으로 갔을 것이다. 핸드폰 통신망이 고장 나서 연락이 불가능한 지금, 무전기가 있어서 다행이었다. 해원은 무전기에 건전지를 넣었다. 그리고 조심스레 입을 열었다.

"들리십니까?"

치지직. 해원의 목소리에 반응하듯이 무전기에서 소리가 났다.

"네. 들립니다."

해원과 현진의 눈이 마주쳤다. 두 사람의 눈에는 희망이 가득했다. 무전기에서 다시 목소리가 흘러나왔다.

"소속과 이름을 대십시오."

"국립 바이러스 연구소 연구1팀 소속 석해원 연구원입니다. 황형기 연구소장님과 함께 난폭 바이러스 연구를 진행했습니다."

"백신과 치료제를 가지고 있습니까?"

"일부 가지고 있고, 백신을 가지고 도청으로 간 연구원도 있습니다. 아직 도착하지 않았나요?"

해원은 연구원들이 도청에 도착했기만 바라며 대답을 기다렸다.

"아직 도착하지 않았습니다."

해원은 절망하지 않으려고 노력했다. 도청으로 가고 있는 중일 거라고 생각하는 게 마음이 편했다.

"치료제와 백신 제조 방법을 알고 계십니까?"

"네."

"우리가 안전한 연구소로 안내하겠습니다. 위험할 수 있으니 밖으로 나오지 마시고 숨어계십시오. 구조해야 할 사람이 몇 명이나 있습니까?"

"…연구소 내 미감염자는 저를 포함해서 두 명뿐인 것 같습니다."

"알겠습니다. 곧 구조대가 도착할 테니 잠시 기다려주십이오."

무전을 마치자, 현진은 해원을 끌어안았다.

"됐어요! 구조대를 보내준대요!"

"네. 부디 연구소까지 무사히 도착하기를…"

연구소에 도착하면 현진이 해야 할 일은 끝나지만, 연구원인 해원은 다르다. 치료제와 백신을 제조해서 대량 공급해야 한다. 이 모든 걸 혼자서 할 수 있을까? 어떻게든 해내야만 했다. 해원은 머리카락을 쓸어넘기며 구조대가 오기만을 기다렸다.

▶ ········ 194페이지로 이동

챕터 3
제주특별자치도청으로 가는 길

52 신주영

 우려했던 것과 달리 도로 상황은 나쁘지 않았다. 길 위에 감염자가 한두 명 보이긴 했지만 무리가 아니라서 위협적이지 않았다. 차를 타고 빠르게 달리니, 감염자가 달려들지도 못했다. 잔뜩 긴장했던 차 내부 분위기도 한결 부드러워졌다.
 "구해줘서 고마워. 내 이름은 신주영이야. 아, 말 편하게 해도 될까?"
 주영이 능숙하게 차를 운전하며 감사 인사를 전했다. 윤우도 한결 편해진 얼굴로 대답했다.
 "네. 편하게 하세요. 서로 돕는 거죠. 저희도 덕분에 차를 타고 제주특별자치도청으로 가고요."

최악의 상황이지만 도우니까 살길이 열렸다. 주영은 백미러로 뒷좌석에 앉은 아이들을 보며 물었다.

"수학여행을 온 거야?"

"네. 그런데 갑자기 이런 상황이 돼서…"

윤우는 침울한 목소리로 말했다. 한순간에 반 친구들과 뿔뿔이 흩어졌다. 주영의 표정도 어두워졌다.

"…나는 남자친구와 여행을 왔거든. 자판기에서 음료수를 뽑아오겠다고 나가더니 돌아오지 않는 거야. 갑자기 사랑한다고 문자 메시지를 보내더라? 무슨 장난을 치는 건가 싶어서 전화해 보니까 안 받더라고. 그래서 방 밖으로 나와보니 이런 상황을 마주하게 된 거야. 살아있는 건지, 아니면… 하아. 더 찾아봐야 했는데 나 혼자 도망쳐서 미안한 마음이야."

주영은 북받쳐 오르는 감정을 추스르지 못하고 눈물을 흘렸다.

당신의 선택은?
- ▶ 위로한다 ········ 196페이지
- ▶ 일침한다 ········ 198페이지

53 위로한다

"분명 남자친구분도 도청으로 오는 중일 거예요."

윤우는 주영을 위로했다. 이런 위급한 상황에서 사랑하는 사람의 생사를 모른다는 게 얼마나 고통스러울지 알 것 같았다. 미감염자들이 무사히 도청에 도착하길 진심으로 바랐다.

"제발 무사하기만 했으면…"

주영은 눈물을 닦으며 감정을 추스르기 위해 노력했다. 슬퍼하고만 있을 수 없었다. 주영의 손에 모두의 안전이 달렸기 때문이다. 위험을 무릅쓰고 감염자에게 쫓기는 자신을 구해주고, 위로까지 해주는 윤우에게 고마운 마음뿐이었다. 어른으로서 이 아이들을 보호하고 무사히 도청으로 데려가겠노라 마음먹었다.

계기판에 기름이 부족하다는 경고등이 켜졌다. 하필 이런 상황에서 기름이 부족하다니. 감염자가 많이 보이지 않는 지금 주유하는 게 안전할 수 있다. 주영은 큰 목소리로 말했다.

"주유소에 들러야 해."

주영은 주유소를 발견하고 차를 몰고 들어갔다. 마침 편의점도 함께 운영하는 곳이었다. 주영은 주위를 살피며 차에서 내렸다. 다행히 감염자는 보이지 않았다. 주영은 윤우에게 제안했다.

"내가 주유하는 동안 편의점에서 먹을거리를 챙겨올래?"

당신의 선택은?
▶ 편의점에 간다 ········ 202페이지
▶ 편의점에 가지 않는다 ··· 212페이지

54 일침한다

"…남자친구를 두고 오셨다고요?"

윤우가 경악하며 물었다.

"…어."

"제주도에 단둘이 오신 거 아니에요? 그런데 혼자서 도망치신 거예요?"

"야."

건하가 조수석에 앉은 윤우의 팔뚝을 세게 잡으며 말렸다.

"아니, 내가 틀린 말 했어? 이건 아니지…"

윤우는 눈치 없이 입을 나불거렸다. 주영의 얼굴이

싸늘하게 굳었다.

"혹시 남자친구를 별로 안 좋아하셨어요? 우리 아빠였으면 어떻게든 저를 찾아내서 같이 도망쳤을 텐데…"

끼이익! 주영이 급브레이크를 밟았다. 안전벨트를 맸음에도 윤우의 몸이 앞으로 크게 쏠렸다. 차가 멈춰 서고, 무거운 정적이 내려앉았다. 그제야 윤우는 말실수를 했다는 걸 깨달았다. 주영은 안전벨트를 풀었다.

"내가 잘못한 거 맞지?"

"…네?"

"다시 돌아가서 남자친구를 찾아야겠어. 여기부터 너희들이 알아서가."

주영은 감정 없는 목소리로 말했다.

"아니, 저희는 운전을…"

윤우의 말이 끝나기도 전에 주영이 차 문을 열고 나갔다. 건하는 윤우의 등을 떠밀었다.

"야, 뭐해. 빨리 모셔와!"

윤우가 뒤늦게 따라 내리려고 했으나 감염자가 주영을 발견한 후였다. 이쪽을 향해 빠르게 뛰어오고 있었다.

"안 돼, 감염자에게 걸렸어!"

어느새 주영의 앞에 온 감염자는 목을 물었다. 끔찍한 광경에 세형은 눈을 질끈 감았다.

"야! 내가 닥치라고 눈치 줬잖아!"

건하가 참지 못하고 윤우에게 화를 냈다.

"아니… 이렇게 될 줄 몰랐지."

"이제 어떻게 할 거야?! 우리는 운전도 못하는데 도청까지 어떻게 가냐고!"

"…내, 내가 운전해 볼게."

윤우는 조수석에서 운전석으로 넘어갔다. 어설프게 시동을 켜보려고 했지만, 스틱차여서 조작이 어려웠다.

"우리 누나가 시동 켜고 엑셀만 밟으면 된다고 했는데…"

쾅! 쾅쾅! 주영을 공격한 감염자가 이제 차를 공격하기 시작했다.

"…망했어."

윤우가 주먹으로 핸들을 내리치며 중얼거렸다. 바닥에 쓰러진 주영을 내려다보며 후회했지만, 이미 늦었다.

▶ 배드엔딩, 남의 마음을 헤아려야지

55 편의점에 간다

 주영은 글로브박스에서 장바구니를 꺼내서 윤우에게 건넸다.
 "안에 감염자 있는지 확인하고 조심해서 다녀와."
 "네. 누님도 조심하세요."
 주영은 주위를 살피며 주유를 시작했고, 윤우와 아이들은 편의점 출입문 앞에 서서 안을 살폈다. 전등이 꺼져있어서 내부가 어두워 보이지 않았다.
 "아무것도 안 보여. 일단 들어가 보자."
 윤우가 앞장서서 문을 열고 들어갔다. 저벅저벅, 발소리를 내며 과자가 진열된 매대로 다가갔지만 인기척이

들리지 않았다. 만약 감염자가 있었다면 달려들었을 것이다.

"괜찮아. 아무도 없어."

윤우는 매대에 진열된 초콜릿을 장바구니에 쓸어 담았다.

"김밥이나 샌드위치 같은 건 금방 상하니까 오래 먹을 수 있는 것만 골라서 담아."

"빵은 괜찮겠지?"

건하는 딸기 페이스트리 빵을 보며 입맛을 다셨다.

"먹고 싶으면 챙기던가. 근데 그건 오랫동안 못 먹잖아. 우리가 바로 도청에 갈 수 있을지도 모르고…"

"지금처럼만 가면 1시간이면 충분해."

강우는 막대사탕을 주머니에 쑤셔 넣으며 말했다. 세형은 카운터 안으로 들어가 비닐봉지를 들고나와 라면을 담았다.

"끄으으…"

"!"

어디선가 들리는 신음에 음식을 담던 손들이 일제히 멈췄다. 윤우는 소리의 근원지를 찾기 위해 조심히 고개를 돌렸다.

"캬아아악!"

 시식 테이블 아래에서 편의점 근무복을 입은 감염자가 튀어나왔다. 하필 근처에 서 있던 윤우가 어깨를 붙잡혔다. 친구들이 도와주기 위해 다가오는데…

준호가 있어?
▶ …아니 · · · · · · · · · 206페이지
▶ 당연히 있지 · · · · · 208페이지

56 …아니

"송윤우! 도망쳐!"

세형은 어설프게 감염자를 뒤에서 끌어안으며 외쳤다. 오히려 큰 소리로 감염자를 자극하는 꼴이었다. 붙잡힌 몸을 크게 비틀자 세형은 바닥을 나뒹굴었다. 순식간에 감염자가 몸 위에 올라타 팔뚝을 물었다.

"아아악!"

세형이 물린 팔을 부여잡으며 비명을 질렀다. 감염자는 다시 윤우에게 달려들었다. 어깨를 붙잡아 밀어내려고 했지만, 압도적인 힘 차이로 오히려 뒷걸음질 쳤다. 등에 벽이 닿고, 더 이상 피할 곳이 없었다. 강우와 건하는 비명을 지르며 편의점 밖으로 도망쳤다.

"으으윽…"

윤우는 감염자의 붉은 눈과 마주치자, 눈을 질끈 감아버렸다.

▶ 배드엔딩. 힘이 센 친구가 필요해

57 당연히 있지

 준호가 감염자의 목에 팔을 둘러 초크를 걸었다. 윤우는 들고 있던 빵 봉지를 감염자의 입에 욱여넣었다. 물지 못하게 만든 것만으로도 상대하기 수월했다.
 "야, 너희 먼저 차에 타!"
 윤우는 건하와 강우, 세형에게 장바구니를 던지며 소리쳤다. 강우가 장바구니를 받아들고 도망치며 물었다.
 "너희는 어떻게 하려고?"
 "곧 따라갈게! 밖에 누님에게도 상황을 알려드리고!"
 준호가 감염자의 다리를 걸어 넘어트렸다. 그대로 힘을 실어 발길질을 했지만 고통을 느끼지 못하는 듯, 허우적거리며 일어나려고 했다. 감염자가 메고 있던 크로스백을 잡아당겼다. 끈으로 목을 조르려고 했지만, 맥없이 끊어지고 말았다. 준호가 감염자와 몸싸움을 하는 사이, 윤우는 진열대 뒤로 갔다.

"야, 비켜!"

윤우는 인스턴트가 쌓여있던 진열대를 붙잡고 소리쳤다. 준호는 재빨리 몸을 뒤로 뺐고. 진열대가 넘어지면서 감염자의 몸이 아래에 깔렸다. 윤우와 준호는 그 틈을 타 편의점 밖으로 뛰어나갔다.

"빨리 와!"

먼저 차에 타있던 사람들이 문을 활짝 열어둔 채 두 사람을 불렀다. 윤우와 준호는 그대로 몸을 날렸다. 간발의 차이로 차에 타는데 성공했다. 쿵! 쿵! 감염자는 차를 부수려는 기세로 돌진했다. 주영이 재빨리 시동을 걸었다. 차가 도로로 진입할 때까지 감염자가 맹렬히 따라왔다.

"와씨. 진짜 큰일 날 뻔했네."

준호가 숨을 고르며 의도치 않게 감염자에게서 빼앗은 크로스백을 확인했다. 도망치려고 준비하다가 공격당한 것인지, 안에는 조명탄과 연막탄이 들어있었다. 준호는 물건을 자기 가방 안에 옮겨 담았다. 강우는 장바구니에 담은 음식을 확인했다.

"음식은 충분해."

"빡세긴 해도 잘 갔다 온 것 같아요."

윤우가 주영을 보고 엄지를 들어 올렸다.

"내가 괜히 편의점에 다녀오라고 해서… 다치지 않아서 다행이야."

주영은 아이들을 바라보며 안도했다. 주유도 했고, 음식까지 챙겼으니 이제 걱정할 게 없었다.

"안전벨트 잘 매. 이대로 도청까지 달릴 거니까."

▶ ········ 214페이지로 이동

58 편의점에 가지 않는다

주영은 주위를 살피며 주유를 시작했고, 윤우와 아이들은 편의점 출입문 앞에 서서 안을 살폈다. 전등이 꺼져있어서 내부가 어두워 보이지 않았다. 건하가 옆에서 같이 내부를 들여다보며 물었다.

"지금 들어갈까?"

"아니. 뭔가 불길해. 어두워서 아무것도 보이지 않는데 감염자라도 있으면 우리 모두 당하고 말 거야."

윤우는 뒤돌아섰다. 안전한 방법을 선택하기로 한 것이다.

"…맞아. 영화에서도 보면 이럴 때 괜히 나서다가 죽

더라."

아포칼립스물 마니아 건하도 고개를 끄덕이며 동의했다. 윤우는 주유를 마친 주영에게 다가갔다.

"어두워서 편의점 내부가 잘 안 보이긴 하는데요. 감염자가 있을 수도 있으니 들어가지 않는 게 좋겠어요."

"그래. 괜히 무리하지 말자. 주유는 다했어. 가자."

이들은 다시 차에 올라탔다.

▶········ 214페이지로 이동

59 길 위의 여자

이들이 탄 차는 별 탈 없이 도로 위를 달렸다. 종종 감염자들이 달라붙었지만 차를 타고 있으니 따돌리는 것도 쉬웠다. 이대로 무탈하게 도청에 도착하면 된다.

"어?"

주영은 길 한가운데 서 있는 여자를 발견했다. 두 손을 머리 위로 흔들며 구조요청을 하는 거 보니, 감염자는 아니었다. 1차선이라 여자를 피할 수 없어 천천히 차를 멈춰 세웠다.

"뭐예요?"

"감염자는 아닌 것 같은데…"

이들은 앞 유리창을 통해 보이는 여자를 살펴봤다. 목도리를 두른 여자가 운전석으로 다가와 말했다.

"제발 저 좀 태워주세요."

여자는 아이스박스를 든 채, 간절히 부탁했다. 앞자리에 앉아 있던 주영과 윤우의 눈이 마주쳤다.

당신의 선택은?
▶ 태워준다 ········ 216페이지
▶ 태워주지 않는다 ··· 222페이지

60 태워준다

"…태워줄까요?"
"그럴까? 트렁크 자리가 비어있긴 해."
2열 자리에는 이미 꽉 찼고 남은 자리는 트렁크뿐이었다. 주영은 창문을 열고 말했다.
"트렁크에라도 타실래요?"
"감사합니다."
여자는 연신 고개를 숙이며 감사를 표했다. 주영이 트렁크 문을 열자, 올라탄 여자는 아이스박스를 바닥에 내려놓고 몸을 동그랗게 말아 앉았다. 주영은 백미러로 아이스박스를 보며 물었다.

"그건 뭐예요? 음식이에요?"

"네? 아… 네. 비슷한 거예요. 근데 다들 어떤 사이예요? 학교 선생님이신가요?"

여자는 가볍게 화제를 돌렸다. 주영은 조수석에 앉은 윤우를 힐끗 보며 대답했다.

"아뇨. 오늘 처음 만났어요."

"저희는 제주도로 수학여행을 온 고등학생이에요. 자다가 갑자기 일이 터져서… 호텔 밖으로 도망치다가 누님과 만났어요."

윤우가 상황을 설명하자, 여자는 고개를 끄덕였다.

"아… 육지분들이시군요."

"제주도 분이세요?"

세형이 뒤를 돌아보며 물었다. 모자 아래로 드러난 얼굴을 보려고 하자, 더욱 깊이 눌러썼다.

"…네. 저는 제주도 토박이예요. 직장도 여기 근처고요."

세형은 여자의 목도리가 눈에 거슬렸다. 꽃이 만개하는 전형적인 봄날씨였다. 그런데 두꺼운 털실로 짠 목도리를 두르고 있는 게 수상했다.

"목도리 잠깐만 벗어보시겠어요?"

"왜요?"

여자가 예민하게 반응했다. 세형의 한쪽 눈썹이 삐딱하게 올라갔다. 반응이 수상했다.

"봄에 털목도리를 하고 있으니까 이상하잖아요."

"…감염자에게 물릴까 봐 가린 거예요."

"여기는 안전하니까 목도리를 벗어도 되는 거 아니에요?"

세형이 집요하게 굴자, 여자는 양손으로 목도리를 꼭 잡았다. 고개를 숙이고 잠시 생각을 하더니, 다시 입을 열었다.

"…먼저 제 이야기를 들어줄 수 있나요?"

여자는 차분한 목소리로 물었다. 세형은 고개를 끄덕였다.

"제 이름은 마지혜, 국립 바이러스 연구소 소속 연구원이에요."

"국립 바이러스 연구소요?"

일반인에게는 생소한 기관이었다. 지혜는 이런 반응을 예상한 듯 설명을 시작했다.

"아마 잘 모르실 거예요. 설립된 지 오래되지 않았거든요. 변종 바이러스에 대응하기 위해 만들어진 센터예요."

차에 타고 있는 모두가 집중하자, 지혜는 숨을 크게 들이마시고 말을 이었다.

"한 달 전, 제주도에서 처음 보는 바이러스가 발견됐어요. 바이러스에 감염된 사람은 뇌가 비활성화되고 본능에 의해서 움직이죠. 사람을 공격하고 물어뜯으며 인육을 섭취하는 기이한 행동을 해요."

어디서 많이 보았던 장면이었다. 윤우는 신음하듯 읊조렸다.

"설마 그게 지금의…"

"맞아요. 지금 제주도 전역에 퍼진 바이러스죠. 우리는 '난폭 바이러스'라고 명명해요. 그리고 저는 난폭 바이러스를 치료할 백신과 치료제를 가지고 도청으로 가고 있어요."

지혜가 아이스박스를 끌어안으며 말했다. 그 안에 백신과 치료제가 있음을 암시했다. 그러나 아직 의문은 풀리지 않았다.

"그래서, 목도리를 풀지 않는 것과 무슨 상관이에요?"

지혜는 목도리에 손을 댔다.

"…사실… 저도 감염자에게 물렸어요. 다행히 치료제가 있어서 투약했죠."

지혜가 목도리를 풀자 살점이 뜯겨나간 목이 보였다. 붉은 근육이 보일 정도로 깊은 상처였다. 세형은 자신도 모르게 인상을 찌푸리며 고개를 돌렸다. 지혜가 다시 목도리로 상처를 가렸다.

"이 아이스박스에 인류를 구할 약이 들어있어요. 저는 여러분이 난폭 바이러스에 감염돼도 치료해 줄 수 있고요."

"진짜요? 와, 다행이다!"

강우가 손뼉을 치며 환호했다. 난폭 바이러스에 감염되어도 치료제를 맞을 수 있다고 생각하니 두려움이 사라졌다.

"그러니 나를 보호해 줘요. 백신과 치료제를 도청으로 가져갈 수 있게요."

"이 끔찍한 사태에도 길이 보이네요."

주영이 백미러로 뒤를 보며 말했다. 지혜는 아이스박스를 소중하게 끌어안았다.

▶ ········ 228페이지로 이동

61 태워주지 않는다

"…목도리를 한 번 벗어보시겠어요?"

윤우가 날카로운 목소리로 물었다. 여자는 당황하며 목에 두른 목도리를 양손으로 꼭 잡았다.

"왜요?"

"감염자인지, 아닌지 확인하려고요."

"감염자 못 보셨어요? 그들은 정상적인 대화가 불가능해요. 지금 저를 보세요. 멀쩡하잖아요. 눈도 충혈되지 않았고요."

여자는 필사적으로 변명했지만, 목도리를 풀지 않았다. 윤우는 주영과 눈을 마주쳤다. 여자의 행동이 아주

의심스러웠다.

"잠복기일 수 있잖아요."

"아니에요. 저는 감염되지 않았어요."

"그러니까 보여주시면 되잖아요."

"아…"

윤우의 강경한 태도에 여자는 망설였다. 목도리를 한 번 풀면 해결되는데 그럴 생각은 없어 보였다. 기다릴 필요가 없었다. 윤우가 눈짓하자, 주영은 운전을 시작했다. 여자를 지나친 차는 천천히 속도를 높여갔다.

"저기요! 제발! 제발요!"

뒤에서 여자가 절박하게 소리쳤으나, 차는 멈추지 않았다.

▶ ‥‥‥‥ 224페이지로 이동

62 필요한 사람

"드디어 도청에 도착했어!"

주영은 벅찬 목소리로 외쳤다. 윤우와 아이들도 감격해서 서로를 끌어안았다. 감염자를 피해 여기까지 오는 길은 쉽지 않았다. 군인의 안내를 받으며 도청 안으로 들어갔다. 이곳에는 이미 많은 사람이 모여있었다. 살았다고 안도했지만, 다른 사람들의 표정이 좋지 않았다.

"분위기가 왜 이래?"

주영이 낮은 목소리로 중얼거렸다. 이들은 빈자리에 앉아 분위기를 살폈다.

"연구원들은 도착했을까?"

근처에 앉아있던 중년 여자의 말에, 중년 남자가 대답했다.

"그럴 거야. 도청으로 오고 있는 연구원도 있고, 연구소에 구조대도 보내서 데려온다고 했잖아."

"근데 왜 상황을 안 알려주지? 불안하게…"

"걱정하지 마. 곧 대위가 와서 상황을 알려줄 거야."

남자는 여자의 손을 꼭 잡아줬다. 주영은 상황이 어떻게 돌아가고 있는지 눈치챘다. 백신과 치료제를 개발할 연구원이 없는 것이다. 대피소에 군복을 입은 대위가 들어오자, 사람들이 술렁이기 시작했다.

"연구원들은 도착했나요?"

"언제 집에 갈 수 있습니까?"

사람들은 앞다투어 질문했다. 대위는 무표정한 얼굴로 강당 가운데 서서 입을 열었다.

"연구소로 보낸 구조대는 연락이 두절되고, 도청으로 오고 있다는 연구원도 아직 인근에 도착하지 못한 상황입니다."

"구조대의 연락이 두절되었다고요? 그럼… 죽은 거 아닙니까?!"

한 노인이 목소리를 높였다.

"연구원이 죽었다고요? 그럼 끝난 거 아닙니까? 백신과 치료제를 누가 만들어요!"

"대한민국에 연구원이 한 명뿐인가요? 연구원은 육지에도 많은데 뭐가 문제입니까. 육지의 연구원을 데려와요!"

사람들이 말을 얹다 보니 장내가 시끄러워졌다.

"제주도에 퍼진 바이러스를 전문적으로 연구한 연구원들이라서 중요한 겁니다. 최대한 빨리 이곳으로 올 수 있도록 하겠습니다."

"매번 같은 대답 아닙니까! 새로운 걸 알려주세요!"

"이렇게 대책없이 기다리는 말인가요?"

대위는 항의하는 사람들을 뒤로하고 대피소를 나갔다. 군인 한 명이 빠른 걸음으로 그에게 다가왔다.

"드릴 말씀이 있습니다."

"뭐지?"

군인은 말이 새어나갈까 봐 주위를 살피고 조심히 입을 열었다.

"도청으로 오고 있던 연구원이 제주 시내에서 사망한 채로 발견됐습니다. 백신과 치료제가 들어있는 아이스박스를 가지고 있었으나, 모두 깨진 상태라 사용할 수 없습니다. 연구소로 간 구조대 역시 감염자에게 당했습니다. 남아있던 연구원 역시 행방이 묘연합니다."

"…다른 연구원은?"

"연구소에 남아있는 미감염자는 없는 것으로 확인됐습니다."

"상부에 보고 했나?"

"네. 이미 보고가 올라갔습니다."

"…알겠네."

대위는 표정 변화 없이 회의실 안으로 들어갔다. 그는 아무도 없다는 걸 확인하고 주저앉았다. 끝났다. 연구원을 확보하지 못하면, 정부는 제주도를 폐쇄하겠다고 했다. 항공과 배편을 모두 막고, 감염자를 모두 아사시키겠다는 방침이었다. 물론, 미감염자들도 제주도를 나갈 수 없다. 버려진 섬이 되버린 것이다.

▶ 배도엔딩, 바이러스 종식을 위해서 필요한 연구원

63 제주시내 진입

제주시내에 진입하자 문제가 생겼다. 버려지거나 사고난 자동차가 도로 위에 가득해 길을 막았다. 차를 타고 가는 건 불가능했다. 차 사이로 걸어다니는 감염자들은 위협적이었지만 그렇다고 차 안에서만 머무를 수도 없었다. 주영은 네비게이션을 내려다보았다. 도청까지 약 1km, 도보로 15분 정도 걸린다. 주영은 결단을 내렸다.

"여기서부터 걸어가야 해."

이들은 차에서 내리기 전, 무기를 나눠들었다. 길거리에 떨어진 물건 중 무기가 될 만한 것들은 모두 하나씩

챙겨들었다. 도로 위 차는 몸을 숨길 수 있는 요긴한 물건이었지만 반대로 감염자들이 어디서 튀어나올지 몰라서 긴장의 끈을 놓치면 안 됐다. 극도로 긴장된 몸은 쉽게 피로해졌다. 잠을 한숨도 자지 못해 컨디션이 좋지 않았다. 지혜는 더욱 힘들어 보였다.

"괜찮으세요?"

주영이 속삭이듯 물었다. 지혜의 이마에는 땀방울이 송글송글 맺혀있고 입술은 파랗게 질려있었다. 금방이라도 쓰러질 것 같은 파리한 안색이었다. 지혜는 입술을 달싹이며 물었다.

"혹시 사탕 같은 게 있나요? 저혈당이 있어서요."

주유소에 갔을 때
▶ 편의점에 갔다 ····· 230페이지
▶ 편의점에 안 갔다 ··· 231페이지

64 편의점에 갔다

"여기 있어요."

윤우는 장바구니에서 포도당 캔디를 꺼내 건넸다. 편의점 매대에 진열되어 있던 포도당 캔디를 챙긴 게 다행이었다.

"고마워요."

지혜는 포도당 캔디를 입에 하나 넣고, 남은 건 주머니에 넣었다.

65 편의점에 안 갔다

"사탕이요? 없는데…"

주영은 난감한 얼굴로 대답했다. 급하게 도망치느라 그런 걸 챙길 여유가 없었다. 윤우는 주유소에 들렀을 때 편의점에 다녀오지 않은 걸 후회했다. 지혜는 손등으로 이마에 맺힌 땀을 닦아내며 말했다.

"괜찮아요. 도청까지만 버티면 되니까…"

지혜의 입술이 파르르 떨렸다.

▶ ······ 232페이지로 이동

66 도청으로 가는 길

 툭. 땀방울이 지혜의 턱을 타고 바닥에 떨어졌다. 가운데에서 걷던 지혜의 속도가 느려지자 그 뒤에 서 있던 건하와 세형까지 뒤쳐지기 시작했다. 선두에 선 윤우도 속도를 늦췄다.
 "조금만 힘내세요. 도청까지 얼마 안 남았어요."
 주영은 지혜를 부축하며 말했다. 아이스박스도 대신메서 무기를 들 수가 없었다. 윤우와 세형이 두 여자에게 감염자가 달려들지 못하도록 엄호했다. 한걸음, 한걸음 힘겹게 내딛던 지혜가 풀썩 주저앉았다. 정신을 잃고만 것이다. 부축하던 주영도 힘에 부쳐 균형을 잃고 넘어졌다.

"지혜 씨, 정신 차려보세요."

주영은 지혜의 뺨을 톡톡 건들이며 정신을 차리길 바랐으나 미동도 하지 않았다.

"어떡하지?"

주영이 지혜를 업고 가는 건 무리였다.

"제가 업고 갈게요."

윤우가 들고 있던 야구방망이를 바닥에 내려두며 말했다.

"괜찮겠어?"

"해봐야죠. 다른 방법이 없잖아요."

윤우는 지혜를 업고, 주영은 아이스박스를 들었다. 세형과 강우가 세 사람을 경호하며 천천히 걸었다. 감염자와 마주치지 않기만 바라며 조심히 움직였다. 발걸음 소리는 물론, 숨소리까지 죽이며 걸었다. 극도로 긴장한 건하가 각목을 고쳐 쥐다가 놓치고 말았다. 각목이 떨어지면서 카니발을 내려치고 경보음이 요란하게 울렸다.

"젠장!"

감염자들이 소리에 반응해서 모여들기 시작했다. 윤우는 이를 악물고 소리쳤다.

"도망쳐!"

윤우는 지혜를 업고 달리니 느릴 수밖에 없었다. 감염자가 다가오지 못하도록 세형과 강우가 무기를 휘두르며 막았지만 역부족이었다. 어느새 수많은 감염자가 네 사람을 둘러싸며 다가왔다.

"아…"

세형은 절망한 표정으로 윤우를 쳐다봤다. 감염자들은 누가 먼저랄 것도 없이 이들에게 달려들었다.

▶ 배드엔딩. 저혈당 쇼크로 쓰러진 지혜

67 도청으로 가는 길

 쇠파이프를 든 준호와 윤우가 선두에 서서 걷고 주영과 지혜가 따라갔다. 강우와 세형, 건하가 뒤를 감시하며 걸었다. 감염자와 마주치지 않기만 바라며 조심히 움직였다. 발걸음 소리는 물론, 숨소리까지 죽이며 걸었다. 극도로 긴장한 건하가 각목을 고쳐 쥐다가 놓치고 말았다. 각목이 떨어지면서 카니발을 내려치고 경보음이 요란하게 울렸다.
 "젠장!"
 감염자들이 소리에 반응해서 모여들기 시작했다. 윤우는 이를 악물고 소리쳤다.

"도망쳐!"

빠르게 움직이는 사람들 중 지혜는 유독 굼뜨게 움직였다. 아이스박스를 들어서 자기 몸을 지킬 무기도 없었다. 준호는 지혜를 주시했다.

"캬아아악!"

감염자가 지혜를 향해 달려드는 순간, 준호가 달려갔다. 퍽! 쇠파이프에 맞은 감염자가 쓰러졌다. 패닉에 빠진 지혜가 자리에 주저앉았다.

"정신 차려요! 일어나야 해요!"

감염자가 다시 몸을 일으켜 세웠다. 지혜는 여전히 정신을 차리지 못했다.

당신의 선택은?
▶ 치료제를 믿고 맞서 싸운다 ···· 238페이지
▶ 감염자에게 물리지 않도록 한다 ·· 242페이지

68 치료제를 믿고 맞서 싸운다

 감염자가 입을 벌리고 지혜를 향해 달려들었다. 준호는 과감하게 자기 팔뚝으로 감염자의 입을 막았다. 우그적! 감염자가 준호의 팔을 물었다. 윤우는 깜짝 놀라 소리쳤다.
 "박준호! 뭐하는 짓이야?!"
 "괜찮아! 치료제가 있잖아!"
 그제야 윤우는 준호의 무모한 행동을 이해했다. 지혜가 했던 말을 떠올리고 윤우도 대범하게 감염자와 맞서 싸웠다. 할퀴고 물려도 몸을 사리지 않고 지혜를 보호했다. 그러나 감염자들이 계속 몰려와 앞으로 나갈 수가 없었다.

"우선 컨테이너로 피하자!"

준호는 버스 정류장 근처 컨테이너를 가리키며 소리쳤다. 과자와 사탕을 진열해 판매하는 간이 편의점이었다. 이들은 앞다투어 컨테이너 안으로 들어가서 문을 닫았다. 컨테이너는 완벽한 밀실이 아니었다. 가게 주인이 손님에게 물건을 건네줄 수 있도록 중간이 뚫려있어서 감염자의 눈을 피하기 위해 몸을 바짝 낮춰야 했다.

"후우… 후우…"

준호가 거칠게 숨을 내쉬었다. 난폭 바이러스가 활성화되며 몸에 열이 오르고 머리가 어지러웠다. 치료제가 필요했다. 준호는 식은땀을 흘리며 지혜에게 다가갔다.

"치료제를 놔주세요."

지혜는 겁에 질린 얼굴로 아이스박스를 끌어안고 가만히 있었다. 감염자에게 물린 건 윤우도 마찬가지였다. 지혜는 두 남자를 쳐다보지도 않고 혼잣말을 중얼거렸다.

"치, 치료제는…"

지혜가 몸을 덜덜 떨었다. 옆에서 지켜보고 있던 주영도 이상하게 바라보며 재촉했다.

"왜 그러세요?"

"…아, 안 돼요…"

지혜는 아이스박스를 꼭 끌어안은 채 몸을 웅크렸다.

"왜 안 돼요? 애들이 당신을 구하려다가 다친거잖아요!"

보다못한 주영이 아이스박스를 빼앗으려고 하자, 지혜도 힘으로 버티기 시작했다.

"이상한 분이시네! 치료제가 있다고 먼저 말했잖아요!"

두 여자가 힘겨루기를 하자, 옆에 있던 강우도 합세했다. 결국 지혜는 아이스박스를 빼앗기고 말았다.

"아, 아아…"

지혜는 몸을 둥글게 말고 바닥에 엎드렸다. 준호와 윤우는 걱정스러운 얼굴로 그를 내려다 보았다. 주영은 아이스박스의 뚜껑을 열었다.

"…뭐야."

아이스박스 안에는 깨진 시험관이 들어있었다. 바닥에 찰박거리는 액체는 백신과 치료제였을 것이다. 지혜는 엎드린 채로 웅얼거렸다.

"…감염자를 피해서 도망치다가 시험관이 모두 깨졌

어요…"

"미리 이야기를 해줬어야죠! 그랬으면 애들도 감염자에게 물리지 않도록 조심했을 거 아니에요?!"

주영이 어처구니가 없어 소리쳤다. 준호가 풀썩 쓰러졌다. 윤우가 깜짝 놀라 그를 부축하고 상태를 살폈다.

"바, 박준호…"

준호가 눈을 번쩍 떴다. 눈은 충혈됐고, 얼굴에는 핏줄이 시퍼렇게 솟아오르기 시작했다. 그는 난폭 바이러스에 감염된 윤우에게 관심도 없었다. 새로운 먹잇감을 보며 입맛을 다셨다.

▶ 배드엔딩. 무작정 남의 말을 믿은 대가

69 감염자에게 물리지 않도록 한다

 준호는 지혜를 물려고 하는 감염자의 입을 쇠파이프로 막았다. 끼익, 깍! 쇠파이프를 씹는 소리가 소름 끼쳤다. 치료제를 가지고 있지만 최대한 몸을 사렸다. 진짜 필요할 때 사용하기 위함이었다.
 "도청은 앞으로 쭉 가면 돼! 다른 곳으로 세지 말고 앞으로만 가!"
 주영이 지혜의 팔을 붙잡고 달리며 말했다. 준호는 크로스백에서 연막탄을 꺼냈다. 편의점에서 만난 감염자에게 받은 아주 좋은 선물이었다. 연막탄을 터트리자 자욱한 연기가 시야를 가렸다. 감염자들이 우왕좌왕하는 사이, 준호는 반대 편으로 콩알탄을 던졌다. 타다닥! 콩알탄이 터지는 소리를 들은 감염자들은 소리에 반응하며 반대편으로 뛰어갔다. 이들은 무작정 앞으로 달렸다.

▶ ········ 244페이지로 이동

70 제주특별자치도청 도착

"드디어…"

윤우는 제주특별자치도청 진입 방향을 알려주는 도로 표지판을 발견했다. 감염자를 무사히 따돌리고, 다친 사람 없이 이곳까지 왔다는 게 기적이었다. 준호는 주위를 살펴보더니 소리쳤다.

"저기 안으로 들어가면 되는 건가 봐!"

도청 주위로 바리게이트가 높게 세워져 있었다. 다행히 주위에 감염자는 보이지 않았다. 이들이 입구로 다가가자, 무전기가 보였다. 윤우는 무전기를 들고 말했다.

"안녕하세요. 도청으로 대피하라는 문자를 받고 왔

습니다."

철컹! 철문이 열리고 무장 군인 두 명이 총을 겨누며 경계했다.

"감염자는 없습니까?"

"네. 모두 미감염자입니다. 국립 바이러스 연구소의 연구원도 함께 왔어요!"

주영은 지혜를 앞세우며 말했다.

"안녕하세요, 국립 바이러스 연구소 마지혜입니다."

지혜는 주머니에서 연구원증을 꺼내 보여줬다. 군인들은 총을 내리고 신원을 확인했다.

"드디어 오셨군요. 기다리고 있었습니다."

군인은 이들을 내부로 안내했다. 도청 1층 로비부터 대피한 사람들로 바글바글해서 발을 디딜 곳도 없었다.

"이곳에서 쉬고 계시면 됩니다."

주영은 여러 명이 쉴 만한 자리를 찾기 위해 주위를 살폈다. 드디어 아무 걱정 없이 편히 쉴 수 있었다.

"마 연구원님은 다른 곳으로 안내하겠습니다."

지혜는 아이스박스를 들고 군인을 따라갔다.

▶······· 248페이지로 이동

챕터 4
난폭 바이러스 종식을 위하여

71 구조대 도착

"78명… 79명."

해원은 혼잣말하며 감염자의 수를 세었다. 연구소장실의 통유리창 너머 보이는 에메랄드빛 바다는 아름다웠지만 상황은 절망스러웠다. 해변을 거니는 사람들은 모두 감염자였다. 감염자가 아니었더라도 금방 감염자가 됐다. 해원이 할 수 있는 게 없었다. 도와주지 못하고 보고만 있어야 하는 현실이 괴로웠다.

"…도청에 미감염자가 많이 모였을까요?"

해원은 현진을 바라보며 물었다. 다행히 치료제는 효과가 있었다. 난폭 바이러스는 활성화되지 않았고 눈에 띄는 부작용도 없었다. 바닥에 누워있던 현진이 일어나 해원의 곁으로 다가와 앉았다.

"그럼요."

현진도 아는 게 아무 것도 없지만 확신에 찬 목소리로 말했다. 해원은 불안에 떨며 다시 물었다.

"구조대는 지금 어디까지 왔을까요? 너무 늦는 것 같지 않아요?"

"금방 올 거예요. 걱정하지 마세요."

현진도 이런 상황이 불안하고 두려웠지만 짜증 한 번 내지 않고 다정하게 대답했다. 별거 아니지만, 그런 배려 하나에도 용기를 얻고 기운 내려고 하는 모습이 보였기 때문이다. 난폭 바이러스를 종식시키기 위해선 해원의 역할이 절대적이었다. 그가 포기하지 않도록 힘이 되어 줘야 했다.

"어!"

해원이 통유리창 밖을 가리켰다. 현진의 시선도 손가락 끝을 따라갔다. 연구소 안으로 들어오는 군용차가 보였다.

"구조대가 왔어요!"

"거봐요, 올 거라고 했잖아요!"

현진이 기쁜 얼굴로 해원을 끌어안았다. 그와 동시에 무전기에서 목소리가 흘러나왔다.
"구조대 도착했습니다. 몇 층에 계십니까?"

당신의 선택은?

▶ 연구소장실로 올라와달라고 한다 ‥252페이지
▶ 직접 내려가겠다고 한다. ‥‥‥‥ 256페이지

72 연구소장실로 올라와달라고 한다

"5층입니다."
"네. 안전하게 잠시만 기다려주십시오."
무전을 마친 해원은 기쁜 얼굴로 현진을 바라봤다.
"이제 연구소로 가서 매뉴얼대로 백신과 치료제를 제조하면 돼요…!"
"네. 석 연구원님이 난폭 바이러스를 종식시키는 거예요."
현진의 마음속에서 희망이 싹트기 시작했다. 감염자가 득시글 거리는 연구소에서 살아남았다는 게 기적이었다. 두 사람이 서로에게 힘이 되어 난관을 극복해나갈 수 있었다.

"고마워요, 다 현진 씨 덕분이에요."

"아니에요. 저야말로 석 연구원님 덕분에 치료도 받았잖아요. 아니었으면 저도 다른 감염자처럼 날뛰고 있었을 텐데…"

모처럼 훈훈한 분위기가 연출됐다. 이 사태가 일어나기 전 두 사람은 그리 좋은 관계가 아니었지만, 이제 달라졌다. 함께 생사의 고비를 넘기니 전우애가 생겼다.

"바이러스가 종식되면 제가 식사 대접할게요."

현진은 신이 난 목소리로 말했다. 해원도 거절하지 않고 고개를 끄덕였다. 쿵쿵! 때마침 구조대가 도착해 문을 두드렸다.

"구조대입니다. 석해원 연구원님 계십니까?"

해원은 문을 열자, 그곳엔 무장한 군인 네 명이 서 있었다.

"저희를 따라서 내려오십시오."

군인은 해원과 현진의 앞뒤에 서서 엄호했다. 계단을 내려가던 도중, 군인이 해원에게 물었다.

"혹시 음식을 보관하는 창고가 있습니까?"

"3층에 탕비실이 있긴 합니다."

"잠시 그곳에 들려서 음식 좀 가져가겠습니다."

갑작스러운 재난으로 음식을 조달하기 어려운 상황이었다. 군인들은 5층까지 올라오면서 감염자를 한 명도 마주치지 않았고, 생각보다 위험하지 않다고 판단했다. 3층으로 내려온 이들은 탕비실로 향했다. 문을 열고 들어가자, 가스 냄새가 났다. 해원은 손으로 코를 가리며 말했다.

"가스가 새는 것 같은데요."

"음식만 챙겨서 나갈 거니 괜찮습니다."

군인들은 탕비실의 음식을 큰 봉투 안에 담았다. 현진도 함께 바쁘게 움직였다. 해원은 아이스박스를 끌어안고 주위를 살폈다.

"크으으…"

조리대 아래에 쓰러져있던 감염자가 꿈틀거리며 몸을 일으켜 세웠다. 해원이 하얗게 질린 얼굴로 소리쳤다.

"가, 감염자가 있어요!"

음식을 챙기던 군인들도 감염자의 존재를 눈치채고 빠르게 움직였다. 탕! 탕탕! 제일 가까운 곳에 서 있던 군인이 총을 쐈다. 한 발은 감염자에게, 다른 한 발은 빗겨나가 조리대에 맞으며 작은 스파크를 일으켰다.

"제기랄!"

스파크를 본 군인이 소리쳤다. 펑! 작은 불꽃에 반응한 가스가 폭발하며 탕비실은 화염에 휩싸였다.

▶ 배드엔딩. 허무한 죽음

73 직접 내려가겠다고 한다

"아뇨. 저희가 내려가겠습니다."
"우리가 가지 않아도 되겠습니까?"
"아무리 조심한다고 해도 계단을 오르내리면 소음이 발생할 겁니다. 소리에 민감한 감염자들을 자극하지 않는 게 좋아요."

연구소 내부에 감염자가 많지 않다는 건 이미 눈으로 확인했다. 해원은 현진과 함께라면 충분히 연구소 밖으로 나갈 수 있다고 생각했다.

"그럼 1층 로비에서 기다리고 있겠습니다. 조심히 오십시오."

해원이 무전을 마치자, 현진이 걱정스러운 얼굴로 물었다.

"괜찮겠어요?"

"현진 씨가 있으니까요."

해원은 큰 의미를 담지 않고 한 말이었지만, 현진은 어깨가 으쓱했다. 믿음직하고 강하다는 평가를 받은 것 같아서 기분이 좋았다.

"그렇죠. 제가 있는 한, 연구원님은 안전하죠. 믿고 따라오세요."

현진은 으스대며 총을 고쳐 쥐었다. 해원은 어깨에 아이스박스를 단단히 멨다.

"갈까요?"

"네."

해원이 비장하게 고개를 끄덕였다. 연구소장실 문을 열고 나가자, 다행히 감염자는 보이지 않았다.

"탕비실에서 음식을 좀 가져갈까요?"

해원이 용기를 내 제안했다. 사건이 터지고 아무것도 먹지 못해서 배가 고팠다. 현진도 마찬가지였다.

"탕비실이 어디 있는데요?"

"3층이요."

"…가보죠."

3층으로 내려온 두 사람은 탕비실로 향했다. 문을 열자마자 안에 있던 감염자가 튀어나왔다.

"크아아악!"

석훈이었다. 생각지도 못한 인물의 등장에 놀란 해원이 주춤거리며 뒤로 물러섰다. 현진은 이를 악물고 석훈을 뒤에서 붙잡았다. 한번 맞붙었을 때 체감했던 힘이 대단해서 떼어내는 게 쉽지 않을 거라 생각했다.

"어?!"

그러나 현진은 해원에게 달라붙은 석훈을 쉽게 분리해냈다. 힘을 주어 옆으로 밀어내니 큰 몸이 허공을 가르며 날아갔다. 현진은 자신의 손을 내려다보았다. 평소보다 힘이 넘쳐났다. 석훈이 다시 달려들었고, 이번엔 복부를 걷어찼다. 거구의 몸이 뒤로 데굴데굴 굴렀다. 현진은 이제 확신했다. 분명 힘이 더 세졌다. 난폭 바이러스에 감염되고 치료제를 맞은 후로 말이다. 이상한 변화였지만 지금은 도망치는 게 우선이었다.

"가요!"

현진은 해원을 데리고 다시 계단 아래로 내려갔다. 1층까지 내려오자, 그물에 포획되어 바닥에 쓰러진 감염자들이 보였다. 군인들이 그물총을 들고 기다리고 있었다.

"이쪽으로 오십시오."

군인은 해원과 현진을 연구소 앞에 주차한 군용차로 안내했다. 두 사람은 서둘러 차에 올라탔다. 마지막까지 엄호하던 군인들도 타자, 차가 출발했다.

▶ ········ 260페이지로 이동

74 연구소로 가는 길

"다치신 곳은 없습니까?"

조수석에 앉은 문혜미 중사가 백미러로 뒷좌석에 앉은 해원과 현진을 살피며 물었다.

"네. 경상이라 치료받으면 괜찮을 거 같습니다."

해원은 현진의 목을 보며 말했다.

"다행입니다. 저는 문혜미 중사입니다. 연구소까지 안전히 모셔다드리겠습니다."

"잘 부탁드립니다. 석해원 연구원입니다."

"저는 국립 바이러스 연구소 경비원 오현진입니다."

세 사람은 통성명을 나눴다.

"경비원과 함께 있어서 내려오신다고 한 거군요."

혜미는 곁눈질로 현진을 살폈다. 키가 크고 다부져서 운동한 티가 많이 났다.

"네. 많은 도움을 받았어요."

해원은 현진을 보며 말했다. 그가 없었다면 연구소에서 탈출하지 못했을 것이다. 그동안 해원은 연구원이 아닌 직원들을 은연중에 무시했던 적이 종종 있었다. 연구원만이 가장 중요한 인재라고 생각했다. 그러나 이번 사건을 통해 깨달았다. 연구소의 모든 직원들은 각자 맡은 업무에 최선을 다하고 있고, 그들이 없다면 유지될 수 없다는 걸. 해원은 다시 연구소로 돌아간다면, 전처럼 행동하지 않겠다고 다짐했다.

"백신과 치료제는 얼마나 있습니까?"

혜미는 해원이 안고 있는 아이스박스를 힐끗 보며 물었다.

"소량입니다. 보관할 수 있는 기간이 길지 않아 미리 제조해놓을 수가 없거든요. 연구소에 가서 만들면 됩니다. 혹시 도청에 도착한 연구원은 없었나요?"

해원은 먼저 도청으로 떠났다고 메모를 남긴 동료를 떠올리며 물었다. 기대했지만 혜미는 고개를 저었다.

"아직 연락받은 건 없습니다. 만약… 연구원님 혼자서 백신을 제조해야 한다면 가능합니까?"

"…가능하겠지만 많이 힘들겠죠."

혼자서 모든 걸 다 해야 한다면 시간이 배로 들 것이다. 연구원이 한 명이라도 있으면 도움받겠지만 지금으로서는 최악의 상황을 염두에 뒀다.

"연구원을 찾기 위해서 노력하고 있지만 쉽지 않네요."

"육지의 연구원을 데려오면 되지 않습니까?"

제주도에 연구원이 없다면 육지에서 찾으면 된다. 그러나 혜미는 곤란한 표정을 지었다.

"현재 육지로 통하는 항공과 선박이 모두 끊겼습니다. 바이러스가 종식되기 전에는 운항하지 않을 겁니다. 육지로 바이러스가 퍼지지 않도록 제주도를 고립시켰습니다."

해원도 예측했던 최악의 시나리오였다. 서울에 감염자가 침투한다면 전 세계에 퍼지는 건 시간문제다.

"물자는요? 제주도에서 모든 걸 수급한다고 해도 한계가 있지 않습니까?"

"그전에 난폭 바이러스를 종식시켜야죠. 석 연구원님

의 손에 인류의 미래가 걸렸습니다."

해원의 어깨가 무거워졌다. 치료제와 백신 제조 매뉴얼이 있다고 해도 혼자 모든 걸 하려니 부담스러웠다. 현진은 아무 말 없이 해원의 어깨를 쓰다듬었다.

"살려주세요!"

남자의 목소리에 해원과 현진은 고개를 들었다. 도로 한복판에 서서 두 손을 흔드는 남자가 있었다. 운전병이 차를 멈춰 세우고 혜미에게 물었다.

"문 중사님. 어떻게 하는 게 좋겠습니까?"

혜미는 남자를 유심하게 살펴봤다. 감염자 특유의 이상 행동을 보이지 않았다.

"민간인이잖아. 먼저 연구소에 갔다가 도청에 데려가야지."

혜미의 말이 끝나기가 무섭게 해원의 뒤에 앉아 있던 군인 두 명이 차에서 내렸다. 남자와 잠시 대화를 나누고 같이 차에 올라탔다.

"휴… 살았다… 감사합니다."

"혼자서 여기까지 오신 거예요?"

현진이 뒤를 돌아보며 물었다. 외모와 옷차림으로 사람을 평가하면 안 되지만 마치 건달처럼 껄렁해 보였다.

"친구 놈과 함께 오긴 했는데… 자기 혼자 살겠다고 절 버리고 가버렸어요."

해원은 남자의 팔뚝에 난 생채기에 잠시 시선이 머물렀다. 날카로운 것에 긁힌 것 같은 상처는 생긴 지 얼마 안 된 듯 붉게 부어있었다.

"도청으로 가는 건가요?"

남자는 차에 탄 사람들을 유심하게 바라보며 물었다.

"아뇨. 우선 연구소로 갔다가, 도청에 내려드리겠습니다."

"아… 연구원이시군요."

남자는 해원의 얼굴과 실험복을 번갈아 봤다.

"백신은 이제 만들어야 하는 거죠?"

남자는 몸을 앞으로 쑥 내밀며 물었다. 해원은 불편한 기색을 내비치며 말했다.

"그건 기밀이라 이야기할 수 없습니다."

해원이 딱 잘라 말했지만, 남자는 이제 아이스박스에도 관심을 가졌다.

"아이스박스는 뭐예요? 백신 들어있는 거 아니에요?"

"…아니에요."

"흐음. 연구원이 아이스박스를 가지고 연구소로 가는데 아무것도 아닐 수가 있나."

남자는 해원의 말을 전혀 믿지 않는 투로 말했다. 다행히 더 이상 묻지 않고 의자 시트에 등을 기댔다. 혜미가 백미러로 남자를 살펴봤다. 피곤한지 눈을 감고 있었다. 남자가 잠에 들자 차 안은 조용해졌다.

잠에 들었던 남자가 눈을 번쩍 떴다. 충혈된 눈과 얼굴에 솟은 핏줄은 바이러스가 완전히 활성화됐음을 알렸다. 안타깝게도 옆에 있는 군인들은 창밖을 보느라 변화를 눈치채지 못했다.

"캬아아아악!"

남자는 몸이 튕기듯이 벌떡 일어났다. 순식간에 오른쪽에 앉은 군인을 문 후, 왼쪽에 앉은 군인을 물기 위해 무릎 위에 올라탔다. 깜짝 놀란 군인이 남자를 밀어내며 소리쳤다.

"감염자다!"

순식간에 내부는 아수라장이 됐다. 현진은 바닥에 놓인 그물망의 손잡이로 남자의 옆구리를 세게 밀었지만 오히려 군인에게 몸을 마주대고 물어뜯기 좋은 자세가 되고 말았다. 혜미는 총을 꺼내 감염자를 향해 겨눴다. 흔들리는 차 내부와 엎치락뒤치락하며 몸싸움을 하고 있어 타깃을 정확히 조준하기 어려웠다. 해원은 무릎 위에 올려둔 아이스박스를 내려다보았다.

당신의 선택은?

▶ 치료제를 사용한다 · · · · · · · · · 268페이지

▶ 치료제를 사용하지 않는다 · · · · · 276페이지

75 치료제를 사용한다

"못 움직이게 붙잡아 주세요!"

해원은 아이스박스를 열어 치료제가 든 시험관을 꺼내 주사기로 추출했다. 현진은 남자의 양쪽 어깨를 붙잡아 강제로 의자 시트에 등을 붙이게 만들었다. 해원은 남자의 목에 주사기를 꽂아 치료제를 주사했다.

"크으… 크아아!"

몸을 크게 비틀며 반항하던 남자의 움직임이 둔해지기 시작하더니 이내 정신을 잃었다. 군인은 남자의 손목에 간이 수갑을 채우고 뒷좌석에 눕혔다.

"잠복기였던 건가요?"

현진은 턱을 타고 흐르는 땀방울을 닦으며 물었다. 해원이 주사를 폐기함에 버리며 대답했다.

"팔에 상처가 있긴 했어요. 그곳에 감염자의 피나 타액이 소량 닿았던 거 같아요. 그래서 바이러스가 활성화되기까지 시간이 오래 걸린 거 같아요."

해원은 땀으로 젖은 앞 머리카락을 쓸어 넘겼다. 치료제를 하나 더 꺼내 물린 군인에게도 주사했다. 혜미는 총을 원위치하며 안도했다.

"치료제가 있어서 다행이네요."

치료제의 효과는 아주 빨랐다. 해원은 현진에 이어 다른 사람에게도 투약하며 효과를 확신했다.

"치료제만 보급되면 난폭 바이러스는 금방 종식되겠어요."

운전병은 서둘러 운전을 시작했다. 한시라도 빨리 연구소에 도착해야 했다.

"…콜록콜록!"

뒷좌석에 누워있던 남자가 요란하게 기침하며 눈을 떴다. 양옆에 앉아 있던 군인들이 경계하며 살폈다.

"아이고 죽겠네… 뭐야? 왜 내 손을 묶은 거예요?"

몸을 일으키려고 한 남자는 두 손이 결박된 걸 알고

깜짝 놀랐다. 그는 아무것도 기억나지 않는 듯했다. 충혈됐던 눈도 정상으로 돌아왔고, 핏줄도 사라졌다. 군인은 안심하며 수갑을 풀어줬다.

"제가 자는 동안 무슨 일이 일어났어요?"

"기억나지 않아요?"

"네. 도대체 무슨 일이 있던 거예요? 아야야… 옆구리가 왜 이렇게 아픈 거야…"

남자는 티셔츠를 들어 올려 몸을 확인했다. 현진이 그물망 손잡이로 강하게 민 탓에 시퍼렇게 멍이 들어 있었다.

"뭐야?! 내 몸이 왜 이래? 나 몽유병 있어요?"

남자가 호들갑을 떨며 소리쳤다. 현진이 고개를 돌려 상황을 설명했다.

"난폭 바이러스 잠복기였어요. 다행히 약이 있어서 치료받은 거고요."

"제가요? 진짜요?"

현진도 난폭 바이러스에 감염됐지만, 활성화되기 전에 치료받아서 기억을 잃지 않았다. 남자는 신기하다는 듯이 자기 몸을 내려다보았다.

"약발이 좋네요."

남자의 눈이 음험하게 빛났다. 그는 해원에게 관심을 보였다.

"치료제 한 방이면 다 낫겠네요. 약을 제조하는 건 어렵진 않아요? 재료비는 얼마나 들어요?"

남자는 궁금한 것도 많았다. 해원은 피곤함을 느끼며 관자놀이를 지그시 눌렀다.

"그건 이야기할 수 없습니다. 다들 피곤하니 조용히 이동하시죠."

"…네, 뭐…"

다행히 남자는 해원의 말에 수긍하며 입을 다물었다. 시끄러웠던 차 안이 조용해졌다.

"연구소에 도착했습니다."

운전병은 연구소 앞에 차를 주차하며 보고했다. 혜미는 백미러로 해원을 보며 말했다.

"가시죠."

해원에게 한 말이었으나, 남자도 덩달아 차에서 내리려고 했다. 혜미는 그를 저지했다.

"선생님은 도청에서 내려드릴 테니 차에 머무십시

오."

"차 안에만 있었더니 답답해서요. 잠깐 내려서 스트레칭 좀 하려고요."

"밖은 위험합니다. 안전한 내부에서 대기하십시오."

"밖에 감염자도 없는 거 같은데요?"

남자는 혜미의 말을 들을 생각이 없어 보였다. 목숨이 위험한 상황임에도 불구하고 너무 무방비했다. 난폭 바이러스에 감염돼서 난동을 피운 주제에 말이다. 혜미는 차가운 목소리로 말했다.

"이건 요청이 아닙니다. 명령입니다."

"…명령이요?"

"가만히 있으라고. 생사가 달린 위험한 상황이니까."

혜미가 명령조로 말하자, 남자는 기분 상한 얼굴로 입을 다물었다. 이 상황에서 자신의 편은 아무도 없다는 걸 눈치챈 것이다. 해원은 그를 힐끗 보고, 아이스박스를 들고 차에서 내렸다. 혜미는 현진에게 말을 걸었다.

"같이 가죠."

현진은 감염자를 제압할 수 있는, 도움 되는 인력이었다. 혜미는 차 안에 남자만 두고 내리는 게 마음에 걸렸다. 하지만 내부 무기가 있는 것도 아니고 차 키도 꽂혀있지 않아서 허튼짓을 할 수 없다. 이런 상황에서 객기를 부리는 사람은 없을 거라고 생각하고 차에서 내렸다.

혜미는 앞장서서 연구소로 다가갔다. 출입문 옆에는 카드키를 댈 수 있는 보안 키패드가 설치되어 있었다. 혜미가 신분증을 가져다 댔으나 인식되지 않았다. 해원은 아이스박스를 옆구리에 끼우고, 빈 손을 실험복 주머니에 넣었다. 그때, 누군가 그의 목을 강하게 끌어안았다. 해원의 관자놀이에 차가운 총구가 닿았다.

"총과 무기 내리고 물러나."

해원을 인질로 잡은 사람은 같이 차를 타고 온 남자였다. 아이스박스를 든 해원은 놀란 얼굴로 가만히 서 있었다. 현진과 혜미는 들고 있던 총과 무기를 바닥에 내려두고 뒤로 물러났다.

"지금 뭐 하는 짓이에요?"

현진은 욕이 나오는 걸 간신히 참았다. 은혜를 원수로 갚아도 유분수였다. 남자는 비열한 웃음을 지으며 입을 열었다.

"세상 물정을 모르네. 뭐 하러 고분고분 연구소로 가? 정부와 거래해야지. 이 상황에서 치료제와 백신을 안 사고 배겨? 부자가 될 기회라고!"

남자는 백신과 치료제를 제조할 수 있는 해원을 납치해서 약물을 비싸게 거래할 생각이었다. 국가가 위험하든 말든 오직 돈뿐이었다. 혜미가 화를 내며 소리쳤다.

"당신 미쳤어? 이 상황에서 장사질을 하겠다는 거야?!"

"왜 안 돼?"

남자는 어깨를 으쓱이며 뻔뻔하게 행동했다.

"차 키 내놔."

운전병은 주머니에서 차 키를 꺼내 남자를 향해 던졌다. 차 키를 받은 남자는 해원의 머리에 총구를 겨눈 채 움직였다.

"따라오기만 해봐. 이 자식 머리통을 날려버릴 거야! 그러면 진짜 망하는 거 알지? 치료제를 제조할 수 있는 유일한 연구원이 죽는 꼴 보고 싶지 않으면 가만히 있어."

남자는 개인의 이익을 위해 해원을 죽이고도 남을 사람이라, 아무도 움직이지 못했다. 남자가 차에 올라타고, 케이블 타이로 해원의 손을 묶었다.

"어디 한 번 잘 살아남아보라고!"

남자는 허공을 향해 총을 두 번 쐈다. 총성을 듣고 감염자들이 몰려오기 시작했다. 그제야 이들은 바닥에 내려둔 무기와 총을 들었다. 몰려드는 감염자를 피하는 동안 남자와 해원이 탄 군용차가 멀어졌다. 해원은 절망스러운 표정으로 현진을 바라보았다.

▶ 배드엔딩. 납치 당한 해원

76 치료제를 사용하지 않는다

 해원은 아이스박스를 의자에 내려두고 그물망을 쥐고 있는 현진의 손을 포개어 잡았다. 어떤 일이 생길지 모르니 치료제는 최대한 아껴서 사용하기로 했다. 힘으로는 현진이 남자보다 위였지만, 장소가 좁아서 제압하기 어려웠다. 까딱하다가 해원이 물리기라도 하면 큰일이었다.

 "최대한 다치지 않도록 포획해요. 나중에 치료제를 사용할 수 있게요!"

 혜미는 총을 거두고 차에서 내렸다. 트럭에 실린 그물총을 가져오기 위해 빠르게 움직였다. 남자는 양옆에 앉았던 군인 두 명을 물고 이제 현진과 해원을 노렸다.

"크으으으!"

남자는 가슴을 밀어내는 포획망 막대기를 빼앗아 던지고 해원에게 달려들었다. 입을 크게 벌리고 얼굴을 가까이 들이밀었다. 해원은 눈을 질끈 감았다.

"으윽!"

현진의 신음이 들리자, 해원이 눈을 떴다. 감염자를 뒤에서 끌어안은 현진의 팔뚝이 물린 것이다. 그물총을 가져온 혜미가 차 문을 활짝 열고 소리쳤다.

"비켜요!"

현진과 해원이 몸을 낮춘 순간, 남자의 몸이 튀어 올랐다. 그물망은 남자의 몸에 제대로 감겼다.

"크아아아!"

남자가 몸을 움직일수록 그물망은 더 옥죄어왔다. 힘이 워낙 좋아서 그물망 하나로 제압하기는 어려웠다. 혜미는 동물용 마취총을 들었다. 멧돼지도 몇십 초 안에 쓰러트릴 정도로 강력한 마취제가 들어있었다. 탕! 남자의 쇄골에 주사기가 꽂혔다.

"끄으으으…"

남자의 몸이 마비되며 움직임이 둔화됐다. 끝까지 발

악하던 남자의 몸이 축 늘어졌다. 현진은 이마에 맺힌 땀을 닦았다. 혜미의 시선은 현진의 팔에 고정됐다.

"또 물렸네요."

현진은 허탈한 웃음을 지었다. 그러나 후회하지 않았다. 그렇게 하지 않았다면 해원이 물렸을 수도 있다. 치료제와 백신을 만들 유일한 연구원이 감염되는 것보다 현진은 본인이 물리는 게 맞다고 판단했다.

"어차피 구조대도 만났겠다, 저 같은 놈에게 치료제 쓸 필요 없어요. 감염된 연구원을 만날 수 있으니 아껴 두었다가 그들에게 사용하세요."

현진은 냉정하게 현실을 판단했다. 해원을 지켜줄 군인들이 있으니, 자신의 임무는 다했다고 봤다. 치료제가 대량 제조하면 그때 치료받기로 마음먹었다.

"…처음 감염됐을 때처럼 몸의 변화가 느껴져요?"

해원은 현진의 얼굴과 몸을 살피며 물었다. 바이러스가 감염되고 치료된 직후에는 항체가 남아있기 마련이었다.

"…그때는 분명 어지럽고 몸에 열이 났던 거 같은데 지금은 괜찮아요."

"치료제를 맞은 지 얼마 안 됐으니 항체가 남아있는

거예요. 난폭 바이러스에 감염되고 치료받은 건강한 사람은 재감염될 확률이 극히 낮아요."

운전병은 남자에게 물린 두 군인의 팔다리를 묶고 입에 재갈을 물렸다. 그리고 혜미와 현진을 번갈아 쳐다봤다. 어떻게 행동할지 지시를 기다렸다. 현진은 순순히 운전병을 향해 양손을 내밀었다.

"확실하지 않으니까 저도 묶어주세요. 정신을 잃고 공격하지 못하도록요."

"…괜찮을 텐데요."

해원의 만류에도 현진은 완강했다.

"조금의 가능성이라도 있으면 조심하는 게 맞아요."

운전병은 현진의 양손을 뒤로 묶고, 입에 재갈을 물렸다. 몸이 결박된 현진은 오히려 편한 얼굴로 등받이에 기댔다.

"다시 출발하겠습니다."

운전병이 운전석에 앉고, 혜미도 조수석에 올라탔다. 현진은 걱정스러운 표정으로 바라보는 해원에게 일부러 아무렇지 않은 척 미소를 지어 보였다. 차에 시동이 걸리고, 부드럽게 출발했다.

▶ ········ 280페이지로 이동

77 연구소 도착

"도착했습니다."

운전병은 연구소 앞에 차를 세우고 보고했다. 혜미는 차에서 내리기 전 무장하며 감염자가 달려들 것을 대비했다. 부하 두 명은 감염이 됐고, 현진도 도와줄 수 없으니 해원을 보호하는 건 오롯이 혜미와 운전병의 몫이었다.

"준비되셨습니까?"

혜미가 룸미러로 해원을 보며 묻자, 고개를 끄덕였다.

"고마웠어요. 나중에 다시 봐요."

해원은 차에서 내리기 전, 현진과 눈을 마주치며 말

했다. 입에 재갈을 물고 있는 현진은 대답 대신 눈웃음을 지었다. 그러자 해원도 덩달아 미소 지었다. 서로 알게 된 후로 처음 보는 미소에 현진은 놀란 표정을 지었다. 늘 무표정하더니 웃을 줄도 아네. 현진의 입꼬리가 슬며시 올라갔다. 해원은 언제 웃었냐는 듯이 다시 무표정으로 돌아가 차에서 내렸다.

혜미는 앞장서서 연구소로 다가갔다. 출입문 옆에는 카드키를 댈 수 있는 보안 키패드가 설치되어 있었다. 혜미가 신분증을 가져다 댔으나 인식되지 않았다. 해원은 아이스박스를 옆구리에 끼고, 빈 손을 실험복 주머니에 넣었다.

"제가 해볼게요."

해원은 주머니에서 형기의 아이디카드를 꺼냈다. 보안 키패드에 대자 문이 열렸다. 이들은 서둘러 연구소 안으로 들어갔다. 내부 센서가 사람의 출입을 인식하자 꺼져있던 불이 하나둘 켜지며 시스템이 가동되기 시작했다.

"…관리가 잘 되어있군."

상시 사용하는 연구소가 아님에도 내부는 깔끔했다.

"…안녕하세요."

그때, 중년의 여자가 다가왔다. 혜미는 경계하며 총에 손을 올렸다.

"시설 관리자입니다. 출입이 허락된 연구원만 들여야 해서 문을 열어드리지 못했습니다."

그제야 혜미는 총에서 손을 뗐다. 해원은 깍듯하게 고개를 숙여 인사했다.

"안녕하세요. 국립 바이러스 연구소 석해원 연구원입니다."

"네. 사태에 대해서는 공유 받았습니다. 시스템이 가동되었으니 편하게 이용해 주세요. 필요한 게 있으시면 언제든지 이야기해 주시고요."

직원은 부드러운 목소리로 응대했다. 연구소에 무사히 도착해서 다행이었지만, 아직 남은 문제가 있었다.

"혼자서 모든 걸 할 수 있을지…"

해원은 혼자서 치료제와 백신을 제조해야 한다. 전문성을 요하는 일이라 혜미를 비롯한 군인들에게 도움을 받을 수 없는 노릇이었다. 무거운 정적이 내려앉았다. 그러자 연구소 앞에서 대화를 나누는 소리가 들렸다.

"누가 온 것 같은데요?"

해원이 문 쪽으로 다가가려고 하자, 직원이 붙잡았

다.

"연구원이라면 카드키를 사용해서 들어왔겠죠. 밖에 있는 사람은 감염자 아니면 미감염자라는 건데, 미감염자라면 괜히 신경만 쓰일 거예요. 제가 그랬거든요."

직원의 표정이 어두워졌다. 제발 살려달라고 소리치는 미감염자를 외면하는 건 정신적으로 힘들고 고통스러운 일이었다. 연구에 집중해야 하는 해원이 같은 고통을 겪지 않게 하고 싶었다.

"그러니 아예 확인조차 하지 않는 게 나아요."

당신의 선택은?

▶ 문 쪽으로 간다 ·········· 284페이지
▶ 문 쪽으로 가지 않는다 ····· 288페이지

78 문 쪽으로 간다

 "여기까지 왔다는 건, 연구소의 존재를 알고 있는 사람일 수도 있어요."

 제주 북서쪽에 위치한 연구소는 주위에 유명 관광지도 없어서 지나다니는 사람들이 드물었다. 차를 오래 타고 들어와야 해서 더욱 그랬다. 도청으로 간 연구원이 있다면, 분명 이곳으로 데려올 것이다. 해원은 출입문으로 다가가 창밖을 살폈다. 외부에서는 내부가 보이지 않았지만, 내부에서는 외부가 보였다. 군인과 실험복을 입은 여자가 대화를 나누고 있었다.

 "왜 문이 열리지 않죠?"

"권한 설정이 일부만 등록된 것 같습니다. 알아보도록 하겠습니다."

여자가 고개를 돌리자, 얼굴이 보였다. 해원의 눈이 커졌다. 국립 바이러스 연구소 후배인 마지혜와 군인이 서 있었다. 해원은 서둘러 문을 열었다. 서로 얼굴을 확인하자 눈이 휘둥그레졌다.

"선배!"

지혜가 반가운 목소리로 소리쳤다.

"빨리 들어와요."

해원은 감염자에게 발각될까 봐 주위를 살피며 말했다. 지혜와 군인은 서둘러 연구소 안으로 들어갔다.

"언제 오신 거예요?"

"나도 방금 왔어요. 혹시 치료제 위에 메시지를 놓고 간 사람이 지혜 씨예요?"

"네. 저예요."

"무사히 와서 다행이에요."

해원은 지혜의 아이스박스를 들어주기 위해 손을 뻗었다. 그러나 지혜는 아이스박스를 넘기지 않고 숨겼다. 해원이 의아해하자, 지혜의 표정이 급속히 어두워졌다.

"선배, 사실… 백신을 가져오긴 했는데요."

지혜는 바닥에 아이스박스를 내려두었다. 뚜껑을 열자, 시험관이 모두 깨져있었다. 해원은 깜짝 놀랐으나 일부러 무표정을 유지했다. 백신과 치료제를 쓰지 못하게 됐다는 걸 밝히기 까지 마음고생을 심하게 했을 걸 알기 때문이다.

"감염자에게 쫓기다가 넘어지면서 시험관이 모두 깨졌어요. 딱 하나 남은 치료제는 제가 사용했고요. 도움이 되지 못해 죄송해요."

"…괜찮아요. 감염자가 되지 않고 여기까지 와서 다행이에요. 백신과 치료제는 이제 같이 만들면 돼요."

해원은 지혜가 연구소까지 와줘서 고마운 마음뿐이었다. 혼자서 해야 한다는 압박감이 다소 사라졌다.

"시간이 없어요. 빨리 시작하죠."

해원은 피로 얼룩진 실험복을 벗으며 말했다. 지혜도 결의에 찬 눈빛으로 고개를 끄덕였다.

▶ ········ 292페이지로 이동

79 문 쪽으로 가지 않는다

"그래도 한 번 확인해 보는 게…"

"난폭 바이러스의 전염력을 아시잖아요. 이 연구소가 안전할 수 있던 이유가 무엇이라고 생각하세요? 허락받은 연구원만 출입했기 때문입니다. 미감염자가 도움을 요청한다면 외면할 수 있겠어요? 그렇게 한 명, 두 명 들이다보면 보안에 구멍이 뚫리고 말 겁니다."

"…"

해원은 아무 말도 하지 못했다. 직원은 머리카락을 쓸어넘기며 말을 이었다.

"어떤 마음인지 알아요. 저도 몇 번 나가서 확인했지

만 미감염자들이 감염자에게 쫓기고, 물리는 걸 보고만 있는 게 힘들었어요. 그렇지만 저는 매뉴얼대로 움직였고 덕분에 연구소를 바이러스로부터 지켰어요. 미감염자 한두 명을 구하는 것보다, 치료제와 백신을 만들어 배포해서 바이러스를 종식시켜야죠. 그게 대의(大義)를 위한 일이에요."

"…알겠습니다."

직원의 말은 틀린 게 없었고, 해원은 수긍했다. 시간이 없었다. 혼자서 백신과 치료제를 만들기 위해선 빨리 움직여야 했다.

"도청에 감염자가 침입했습니다! 치료제는 아직입니까?!"

급하게 연구소 안으로 들어온 혜미는 연구실에 있는 해원을 재촉했다. 치료제를 제조하고 있던 해원은 스포이트를 내려두고 천천히 고개를 들었다.

"최선을 다하고 있습니다. 혼자서 일하니 시간이 필요해요."

해원의 목소리는 한껏 예민한 상태였다. 극심한 스트

레스를 받으며 강도 높게 일하니, 컨디션이 저조했다. 해원이 치료제를 제조하기 위해 연구실에 들어온 지 30시간이 넘었다. 그동안 화장실을 가기 위해 나간 것 말고는 연구실에 상주했다. 입맛이 없고 시간도 없어서 밥도 먹지 못했다.

"대량 제조가 가능하다고 했잖아요. 왜 이렇게 늦는 겁니까? 치료제를 빨리 가져오라고 난리예요!"

혜미도 나름대로 고충을 겪고 있었다. 연구원이 치료제 제조를 시작했다고 하니 위에선 빨리 약을 가져오라고 압박했다. 사람들에게 나눠주는 음식도 고갈되고, 엎친 데 덮친 격으로 도청에 감염자가 난입하며 한바탕 소란이 일어났다. 치료제가 절실했다.

"먼저 된 거라도 없어요?"

"아직 완성된 게 없어요."

"제대로 일하는 거 맞습니까?"

"잠도 자지 않고, 밥도 안 먹고 일하고 있어요. 여기서 더 이상 어떻게…"

해원이 머리를 잡고 비틀거렸다. 눈앞이 캄캄하고 현기증이 났다. 연구실 밖에 서 있던 혜미가 놀란 얼굴로 바라봤다.

"괜찮으세요?"

연구실 테이블을 잡고 간신히 서 있던 해원이 바닥으로 쓰러지고 말았다.

"석해원 씨!"

혜미가 연구실 안으로 뛰어들어왔다. 쓰러진 해원을 살폈지만, 감긴 눈은 떠지지 않았다.

▶ ········ 320페이지로 이동

80 치료제의 효과

"그러니까, 치료제를 맞으면 난폭 바이러스에 감염되지 않는다고?"

서 대위의 한쪽 눈썹이 비딱하게 올라갔다. 믿기 어렵다는 표정이었다. 혜미는 정중히 보고했다.

"오현진 씨는 연구소에서 난폭 바이러스에 감염되었으나 바로 치료제를 투약했습니다. 그리고 군용차를 타고 오면서 감염자에게 한 번 더 물렸으나 난폭 바이러스가 활성화되지 않았습니다. 담당 연구원 말로는 치료제를 맞으면 항체가 생긴다고 했습니다."

"불행 중 다행이군. 감염자에게 물린 사람들을 치료

하면 재감염될 확률이 낮아진다는 거잖아."

서 대위는 현진의 상처를 유심히 살펴봤다. 목과 팔에 선명한 잇자국이 남았지만 감염자 특유의 충혈된 눈과 핏줄은 보이지 않았다.

"치료제는? 언제 보급되지?"

"현재 두 명의 연구원이 치료제 제조에 매진하고 있습니다. 만들어지는 대로 바로 공급하도록 병력을 배치했습니다. 최대한 빨리 보급될 수 있도록 하겠습니다."

"마지막까지 문제없도록 신경 바짝 쓰도록."

"네, 알겠습니다."

혜미는 서 대위에게 경례했다. 보고를 마치고 현진과 함께 회의실에서 나왔다.

"석해원 연구원님을 보호해 주셔서 감사합니다. 오현진 씨 덕분에 연구소에 무사히 도착할 수 있었습니다. 곧 대량 공급도 가능할 것으로 보이니, 난폭 바이러스 종식도 머지 않았습니다."

"제가 도움이 되었다니 다행이네요."

현진은 국립 바이러스 연구소 경비원으로 맡은 일을 해냈다는 자부심을 느꼈다. 이제 제주도의 미래는 해원의 손에 달렸다. 해원이 잘 해낼 거라 믿었다. 혜미는 현진을 중앙 계단으로 안내했다. 각 부서를 모두 개방해 시민들의 대피소를 만들었다. 1층과 2층 부서 안은 이미 사람들로 가득했고 층수가 높아질수록 적었다.

"5층은 공무원이 사용하고, 4층까지 시민들에게 개방했습니다. 편히 쉬세요."

"감사합니다."

현진은 목례를 한 후 계단을 내려갔다. 저층에는 남녀노소 많은 사람이 모여있어서 발 디딜 틈도 없었다. 현진은 3층의 부서실에 자리를 잡고 앉았다. 쾌적한 환경은 아니었지만 감염자의 공격을 걱정하지 않아도 되니 마음이 편했다.

"음식 받아 가세요!"

아래층에서 큰 소리가 들렸다. 현진이 사무실에서 나오자, 1층 로비에 빵이 가득 든 박스를 들고 있는 공무원들이 보였다. 조리된 음식을 조달하긴 어려우니 인근에 빵공장에서 납품하지 못한 제품을 가져와서 나눠줬다. 사람들은 빠르게 줄을 서기 시작했다. 그제야 현진은 사람들이 왜 이렇게 1층과 2층에 밀집해 있는지 알아챘다. 음식을 나눠주는 공무원과 가까운 장소를 선점한 것이다. 현진도 줄서기에 동참했다. 연구소에서부터

한 끼도 먹지 못해서 배가 많이 고팠다. 그의 앞에는 이미 줄이 길게 늘어져있었다.

"아저씨. 새치기하시면 안 되죠."

"새치기? 무슨 이야기야. 여기 서 있다가 잠시 화장실 갔다 온 건데."

앞에서 남자가 실랑이를 벌이는 목소리가 들렸다. 현진이 고개를 돌려보니 남자 고등학생과 중년 남자가 말다툼을 하고 있었다.

"제가 여기 계속 서 있었는데요. 뒤로 가서 줄 서세요."

윤우는 중년 남자가 새치기하지 못하게 막아섰다. 한두 번이 아니었다. 옆에 서 있던 준호도 합세하며 중년 남자를 몰아세웠다.

"상습범이시네. 오늘 오전에도 새치기하셨죠? 다 봤어요. 줄 서서 기다리는 사람들은 바보라서 그런 줄 알아요?"

"어린놈들이 꼬박꼬박 말대꾸야! 내가 나이가 있으니 오래 기다리기 어려워서 그런 건데 그것도 이해 못 해줘?"

기껏해야 40대로 보이는 남자는 나이를 언급하며 새

치기를 정당화했다.

"나이가 그렇게 많은 것도 아니잖아요."

보다 못한 주영도 말을 얹었다. 윤우와 준호가 미성년자라서 무시하는 게 눈에 보였다.

"여자는 빠져!"

남자는 성인인 주영의 말도 무시하며 버텼다. 주위의 사람들은 괜히 불똥이 튈까 봐 몸을 사렸다. 뒤에서 조용히 지켜보던 현진이 다가갔다.

"저기요. 지금 뭐 하시는 겁니까? 이런 상황일수록 서로 배려하고 도와야죠."

"뭐, 뭐요?"

남자는 현진의 건장한 체구를 보고 움찔거리며 뒤로 물러섰다. 강약약강, 키가 크고 체격 좋은 성인 남자의 말은 무시하지 못했다. 자기보다 어리고 약한 미성년자와 여자를 무시하는 건, 비열한 사람들의 특징이었다.

"이분들이 틀린 말 한 게 아니잖아요. 줄 선 사람들 안 보여요? 할아버지, 할머니도 줄을 서 계시는데 나이 타령을 하십니까?"

"…아니, 뒤에 서면 음식을 못 받을 수 있단 말이에요."

"다른 사람도 똑같아요. 끌어내기 전에 제대로 줄 서세요."

"나 하나 끼워주는 게 뭐가 어렵다고…"

남자는 구시렁거리면서 줄에서 이탈에 제일 뒤로 걸어갔다.

"뭐야. 우리가 말할 땐 듣는 척도 안 하더니…"

윤우가 남자의 뒷모습을 보며 황당해했다. 새치기하는 걸 몇 번 봐줬더니 계속 얌체처럼 굴어서 얄미웠다. 현진 덕분에 남자를 뒤로 보낼 수 있었다. 윤우는 고개 숙여 인사했다.

"도와주셔서 감사합니다."

"별거 아닌걸요."

현진은 다시 자신의 자리로 돌아갔다. 남자를 본보기로 망신을 준 건 효과가 있었다. 새치기하는 사람들이 사라지니 줄은 빠르게 줄어갔다. 그러나 빵은 더 빠르게 사라졌다. 1인 1빵 배급을 원칙으로 했으나 모든 사람이 줄을 서면 시간이 오래 걸리고 사고가 날 수 있어서 대리수령을 풀었더니 문제가 생겼다. 가족이나 지인의 것을 대신 받는 거라고 거짓말하며 여러 개 받아 가는 사람이 생긴 것이다. 한 사람이 빵을 4개, 5개씩 가져가니 금방 동이 났다. 현진의 차례가 됐을 땐 텅 빈 박스만 남아있었다. 공무원은 박스를 정리하며 소리쳤다.

"빵이 다 떨어졌습니다!"

"뭐라고요? 그럼 어떡해요?"

"저는 오전에도 빵을 받지 못했다고요!"

빵을 받지 못한 사람들이 불만을 터트렸으나 그렇다고 없는 빵이 생기지 않았다. 공무원은 빈 박스를 정리했다.

"추가로 빵을 더 배급할 수 있는지 알아보겠습니다."

"오전에도 똑같은 말을 했잖아요!"

공무원들은 대답하지 않고 박스를 든 채로 사라졌다. 빵을 받지 못한 현진은 허탈한 표정으로 서 있었다. 윤우가 그 모습을 바라봤다.

당신의 선택은?
▶ 빵을 나누어 준다 ··· 300페이지
▶ 빵을 주지 않는다 ··· 304페이지

81 빵을 나누어 준다

"야, 뭐해."

준호가 윤우의 팔을 잡아끌었다. 자리로 돌아가서 먹자는 거였다.

"저 형한테 이 빵을 나누어 줄까?"

"그걸 왜? 그럼 네가 먹을 게 없잖아."

"아까 도움도 받았고…"

윤우는 목소리를 낮추고 준호의 귀에 속삭였다.

"우리는 편의점에서 가져온 간식도 있잖아."

"…그렇긴 한데… 네 마음대로 해."

준호는 윤우의 선택에 관여하지 않았다. 대피소에 도

착한 후 소량이지만 음식을 계속 받았고, 편의점에서 가져온 간식도 먹어서 크게 배고프진 않은 상태였다. 윤우는 현진에게 다가가 빵을 내밀었다.

"이거 드세요."

현진은 빵과 윤우의 얼굴을 번갈아 쳐다봤다.

"나 주는 거예요? 학생은 뭐 먹으려고요?"

"전 대피소에 온 후 계속 음식을 배급받았어요."

"그래도 뒤돌아서면 배고플 나이인데…"

이런 상황에서는 음식을 주는 대로 먹거나 따로 보관하기 마련이다. 현진은 오늘 처음 본 사이인데도 음식을 나눠줘서 크게 감동했다. 그러나 빵을 받기 미안해서 가만히 있자, 윤우가 손에 쥐여주었다.

"진짜 괜찮으니까 드세요."

현진은 넙죽 받기 민망해서 형식상 거절이라도 한번 하고 싶었지만, 그러기엔 배가 너무 고팠다.

"고마워요. 사실 사건이 터지고 아무것도 못 먹었거든요. 잘 먹을게요."

"쭉 굶은 거예요?"

"네. 도망치느라 정신없어서요. 방금 도청에 왔거든요."

윤우는 안타까운 표정으로 현진을 바라보았다. 키가 큰 거구의 성인 남성은 초췌했다. 며칠을 굶으며 감염자를 피해 도망치느라 체력 소모가 심했을 것이다. 윤우는 주머니 속에서 초콜릿을 몇 개 꺼내서 현진의 손에 몰래 쥐여주었다.

"이게 첫 끼라니… 많이 부족할 텐데 이거라도 좀 더 드세요."

힘을 많이 써서 당이 떨어지던 차였다. 현진은 거절하지 않고 받았다.

"…고마워요. 이 은혜는 꼭 갚을게요."

"에이. 뭘 이 정도 가지고요. 여기까지 혼자 오신 거예요?"

"…일행이 있긴 했는데… 지금은 혼자네요."

윤우의 표정이 눈에 띄게 어두워졌다. 현진은 별 뜻 없이 한 말이었지만 오해의 소지가 있다는 걸 알고 정정했다.

"아, 일행은 다른 대피소에 있어요."

정확히 말하자면 연구소지만, 현진은 적당히 둘러댔다. 국립 바이러스 연구소 직원으로 연구원과 함께 도망쳤다고 밝힐 필요가 없었다.

"다행이네요."

윤우의 표정이 다시 밝아졌다. 현진은 빵과 초콜릿을 내려다보며 말했다.

"조금만 더 힘내요. 곧 육지로 돌아갈 수 있을 거예요."

현진은 해원이 연구소에서 치료제를 개발하니, 곧 바이러스가 종식될 거라고 봤다. 여기 모인 사람들도 소중한 집으로 돌아갈 것이다.

"네. 혼자시면 저희와 함께 있어도 돼요."

윤우는 친구들이 있는 곳을 손으로 가리키며 말했다. 준호와 아이들은 벌써 빵을 다 먹고 빵봉지로 딱지를 접고 있었다. 현진은 그들을 보고, 다시 윤우에게 시선을 옮겼다.

"대피소에 온 지 얼마 안 돼서요. 혼자 좀 쉬려고요. 신경 써줘서 고마워요."

현진은 완곡하게 거절했다. 밀린 잠을 자고 평온히 쉬고 싶었다. 윤우는 그 마음을 이해하고 혼자 친구들에게 돌아갔다.

▶ ········ 306페이지로 이동

82 빵을 주지 않는다

"야, 뭐해."

준호가 윤우의 팔을 잡아끌었다. 자리로 돌아가서 먹자는 거였다.

"저 형한테 빵 줄까?"

"그걸 왜? 그럼 네가 먹을 게 없잖아."

"아까 도움도 받았고…"

"됐어. 뭘 그런 거 가지고… 괜히 나서지 말고 조용히 있는 게 나아."

준호는 윤우를 끌고 자리로 돌아갔다. 그 사이 현진도 다시 3층으로 올라가고 있었다. 윤우는 고개를 길게

빼고 그를 바라봤다.

"야, 신경 그만 쓰고 빵이나 먹어."

준호는 윤우의 입에 빵을 물려줬다. 윤우는 빵을 우물거리며 고개를 돌렸다.

▶ ········ 306페이지로 이동

83 감염자 난입

 도청에 도착하면 모든 게 해결될 줄 알았지만, 아니었다. 상황이 어떻게 돌아가는지도 모르는 채 무기한으로 기다려야 했다. 식사 때가 되면 공무원이 배급하는 음식을 먹고, 그 외에는 앉아서 시간을 보내는 게 하루 일과였다. 초반에는 왁자지껄 떠들던 사람들도 지쳐서 입을 다물고 조용히 있었다. 핸드폰과 인터넷이 전혀 되지 않으니 바깥 상황을 알 수 없었다. 서대위가 이따금 대피소로 내려와 육성으로 공지하는 것만이 그들이 얻을 수 있는 정보다. 그러나 실속 있는 내용도 아니었다. 곧 집으로 돌아가게 하겠다, 최선을 다하고 있다는 형식적인 말뿐이었다. 처음에는 서대위가 등장하면 미어캣처럼 상체를 세우고 집중했던 사람들도 이젠 신경도 쓰지 않았다. 서대위는 무표정한 얼굴로 입을 열었다.

"연구원들이 연구소에서 백신과 치료제를 개발하고 있습니다. 성공리에 제조되고 있으며 곧 대량 보급할 예정입니다."

대피소 내 정적이 흘렀다. 잘 못 들은 건 아닌지, 고개를 두리번거리던 사람들이 환호했다.

"됐다! 이제 우리는 살았어요!"

"비행기 운항은 언제 시작하려나? 출근해야 하는데…"

"빨리 집에 가고 싶어요!"

사람들의 반응은 가지각색이었지만 표정은 하나같이 밝았다. 치료제와 백신만 보급되면 다시 일상을 되찾을 수 있다. 현진은 해원이 해냈다며 남몰래 기뻐했다.

"그러니 모두 안전한 대피소에 머물면서…"

탕탕! 난데없이 총성이 울려 퍼지자 서대위는 말을 멈췄다. 밖에서 이따금 총소리가 나긴 했지만 지금처럼 가까운 곳에서 들리진 않았다. 선팅이 된 자동문 때문에 밖이 보이지 않았다. 문밖이 소란스러웠다.

"무슨 일이야?"

"건물 안에서 총을 쏜 거지?"

대피소의 사람들이 술렁이기 시작했다. 윤우는 제일 먼저 주영을 챙겼다. 성인이지만, 무리 중 유일한 여자라서 걱정됐다.

"조심하세요. 뭔가 상황이 좋지 않은 것 같아요."

"걱정하지 마. 나 도망치던 거 못 봤어? 다른 건 몰라도 달리기 하나는 자신 있어."

주영은 오히려 윤우를 안심시켰다. 사람들은 불안한 눈으로 1층 출입문을 바라봤다. 쿵쾅거리는 발자국 소리, 총소리, 넘어지고 몸싸움하는 소리.

"크아아아악!"

감염자의 비명! 사람들이 자리에서 벌떡 일어났다.

"감염자야! 감염자가 들어왔어!"

"도망쳐!"

사람들은 우왕좌왕하며 뛰기 시작했다. 그러나 어디로 도망칠지 몰라 허둥거렸다. 쾅! 감염자의 몸이 자동문에 부딪혔다. 감염자를 향해 쏜 총알이 빗나가 유리로 된 자동문을 깨트렸다. 감염자가 1층 로비에 있는 사람들에게 달려들었다.

"으아아악!"

사람들이 비명을 지르며 도망쳤고, 대피소는 아수라장이 됐다. 군인들은 일반 시민들이 있으니 함부로 총을 쏘지도 못했다. 감염자는 방향을 예측할 수 없게 정신없이 달리더니, 갑자기 몸을 틀어 윤우의 무리를 타깃으로 삼았다. 한곳에 모여있던 이들이 뿔뿔이 흩어졌다. 감염자는 주영의 뒤를 쫓아갔다. 도망치던 준호가 빈캔을 던져 감염자에게 던졌으나 신경도 쓰지 않았다. 윤우는 무기를 찾으려고 하다가 바닥에 널브러진 천에 발이 걸려 넘어지고 말았다.

"아악!"

주영을 쫓던 감염자가 방향을 바꿔 윤우에게 달려왔다. 미처 일어나기도 전에 몸 위에 올라탔다.

"캬아아!"

준호가 바닥에 떨어진 천을 주워 감염자의 머리를 감쌌다.

"정신차리고 도망쳐!"

시야가 차단된 감염자가 사납게 몸을 흔들었다. 그 사이 윤우는 몸을 일으켜 세워 도망쳤다. 감염자의 머리에 씌웠던 천이 찢어지고, 눈앞에서 도망치는 먹잇감을 사냥하기 위해 뒤쫓았다. 윤우의 등을 덮쳐 다시 바닥에 넘어트렸다. 감염자를 몇 번 대면해 봤지만 이렇게 강한 건 처음이었다. 윤우를 물기 위해 입을 벌렸다. 준호가 도와주기에는 너무 멀리 있었다.

▶ 현잔에게 빵을 줬다면 ······· 312페이지
▶ 현잔에게 빵을 주지 않았다면 ··· 314페이지

84 현진에게 빵을 줬다면

퍽! 현진이 감염자의 머리를 발로 걷어차자, 몸이 붕 날아 바닥을 나뒹굴었다. 윤우가 다시 도망치려고 했으나 감염자가 끈질기게 따라붙었다. 어찌나 빠른지 군인은 그물총을 쏘지도 못하고 서 있었다.

"아아악!"

감염자는 윤우의 어깨와 허리를 붙잡고 목을 물기 위해 입을 벌렸다. 그때, 현진이 감염자를 뒤에서 덮쳤다. 그리고 해원을 구했을 때처럼, 자기 팔뚝으로 입을 막았다. 현진이 감염자를 끌어당겨 윤우에게서 떨어트렸다. 엄청난 힘이었다. 성인 남자를 농구공 던지듯이 잡아채

던졌다. 감염자가 바닥에 처박히자, 군인이 그물총을 쏴서 포획했다.

"크으으으!"

감염자가 그물망에 걸려 몸을 이리저리 비틀었다. 도망치던 사람들이 안도했다. 윤우는 감염자에게 물린 현진을 보며 얼굴이 하얗게 질렸다.

"저때문에…!"

"…걱정하지 않아도 돼요."

현진은 난폭 바이러스 항체가 있어서 감염자에게 물려도 재감염될 확률이 극히 낮았다. 그걸 알 리 없는 윤우가 눈물을 글썽거렸다. 군인들은 대피소를 정리하면서 감염자에게 물린 사람들을 색출했다.

"감염자에게 물리신 분들은 이쪽으로 오십시오."

감염자와 미감염자를 한 곳에 둘 수 없으니, 당연한 처사였다. 윤우가 현진의 팔을 잡았다. 이렇게 보낼 수 없었다.

"걱정하지 말아요. 곧 백신이 완성되니까요."

현진은 팔을 잡은 윤우의 손을 떼어냈다. 머리를 한 번 쓰다듬으며 웃어주고, 군인들에게 다가갔다.

▶ ········ 318페이지로 이동

85 현진에게 빵을 주지 않았다면

 현진이 윤우를 도와주기 위해 계단을 뛰어내려오려고 했지만, 오래동안 굶어 현기증이 나 멈춰섰다. 그 사이 감염자가 윤우를 뒤에서 덮쳤다. 무게에 짓눌려 바닥으로 넘어지며 발목을 겹질렸다. 아픔을 느낄 새도 없이 감염자가 목을 물었다.

 "아아악!"

 탕! 마취총이 날아와 감염자의 목에 꽂혔다. 마취약이 몸에 퍼지자 나무토막처럼 바닥으로 쓰러졌다. 윤우는 숨을 헐떡였다. 물린 곳이 화끈거리고 아팠다. 준호가 달려와서 상태를 살폈다.

"송윤우!"

윤우는 천천히 일어나려고 했으나 다리가 말을 듣지 않았다. 바지를 걷으니 꺾인 발목이 퉁퉁 부어올라 있었다. 보기만 해도 아파 보였다.

"야, 괜찮아?"

"아아! 아파!"

준호가 발목을 만지자 윤우가 자지러지듯 소리쳤다. 인대만 늘어난 게 아니라 발목뼈도 부러진 것 같았다. 그러나 발목보다 더 걱정되는 건 감염자에게 물린 상처였다.

"이제 나도 저렇게 되는 거야?"

"괜찮아. 치료제가 개발되고 있잖아. 금방 나을 거야."

준호는 윤우를 끌어안고 진정시켰다. 군인들은 대피소를 정리하면서 감염자에게 물린 사람들을 색출했다.

"감염자에게 물리신 분들은 이쪽으로 오십시오."

감염자와 미감염자를 한 곳에 둘 수 없으니, 당연한 처사였다. 어느새 옆에 다가온 주영은 눈물을 펑펑 흘리고 있었다. 윤우가 군인을 따라가려고 하자, 쥬호가 붙잡았다.

"야, 송윤우…"

"어디로 데려가는 거예요? 이 아이는 미성년자고 다리까지 다쳤다고요!"

주영은 윤우를 붙잡으며 군인에게 호소했다.

"안전한 곳으로 데려가니 걱정하지 마십시오. 치료제가 만들어질 때까지 미감염자와 분리해 두는 것뿐입니다."

윤우는 절뚝거리며 감염자에게 물린 다른 사람들과 함께 이동했다. 그의 친구들은 지켜볼 수밖에 없었다.

▶ · · · · · · · · 318페이지로 이동

86 치료제 보급

    백신과 치료제를 담은 박스가 트럭에 차곡차곡 쌓였다. 해원과 지혜가 제조한 치료제는 제일 먼저 국립 바이러스 연구소로 배달됐다. 마취총에는 마취제 대신 치료제를 담아 난폭 바이러스에 감염된 연구원들에게 무작위로 쐈다. 매뉴얼을 공유해 양쪽 연구소에서 치료제와 백신을 제조하게 하기 위함이었다. 그다음은 도청에 치료제와 백신이 도달했고, 마침내 제주도 전역에 보급됐다.

▶ 윤우가 감염자에게 물렸다면 · · · · · 326페이지
▶ 현찬이 감염자에게 물렸다면 · · · · · 332페이지

87 늦은 백신 보급

 눈을 뜬 해원은 제일 먼저 하얀 천장을 보았다. 눈을 몇 번 깜빡이자 초점이 맞으며 인테리어가 눈에 들어왔다. 병원이었다. 해원은 자신이 왜 이곳에 누워 있는지 잠시 생각해야 했다. 많은 정보가 한꺼번에 떠올랐다. 난폭 바이러스에 감염된 형기부터, 함께 도망친 현진, 그리고 연구소에서 치료제를 만들던 것까지 파노라마처럼 스쳐 지나갔다.

 치료제! 해원은 벌떡 몸을 일으켜 세웠다. 치료제를 만들다가 쓰러지고 말았다. 시간이 얼마나 흘렀을까? 1시간? 10시간? 설마 하루? 빨리 치료제를 만들어서 보급해야 했다.

"저기요! 누구 없어요?"

해원은 목소리를 높여 사람을 불렀다. 문이 벌컥 열리고 군의관과 간호사가 들어왔다.

"석해원 연구원이 의식을 찾았다고 연락해요."

그들은 분주하게 움직였다.

해원이 눈을 뜨고 나서 들은 소식은 굉장히 충격적이었다. 우선, 그가 쓰러지고 일주일이라는 시간이 흘렀다는 거다. 길어야 하루이틀이라고 생각했다. 그리고 더 놀라운 건…

"이게… 어떻게 된 거죠?"

해원은 통유리창 너머 보이는 광경을 보고 입을 다물지 못했다. 감염자와 미감염자가 한데 어울려 길을 걷고 있었다. 충혈된 눈, 솟아있는 핏줄은 난폭 바이러스의 대표적인 증상이었다. 그러나 감염자들은 미감염자를 공격하지 않았다. 그의 옆에 다가온 혜미가 무표정하게 아래를 내려다보았다. 해원에게 상황을 설명해야 했다.

"석 연구원님이 쓰러지고 난 후, 다른 연구원들이 연구소에 도착했습니다. 난폭 바이러스를 연구한 팀이 아니라 어려움이 많았어요. 매뉴얼대로 치료제를 제조했지만 일부 설명이 자세하지 않은 부분은 나름대로 해석하며 치료제를 완성했습니다."

해원이 언제 일어날지 모르는 상황에서 하염없이 기다릴 수 없었다. 감염자는 점점 많아지고, 도청에 모인 사람들에게 공급할 음식도 바닥을 보이고 있었다. 치료제와 백신 보급이 간절했다.

"테스트를 할 시간도 없이 치료제를 보급했습니다. 폭력적인 성향이 줄어들었지만 충혈된 눈과 선명하게 솟은 핏줄은 그대로였어요."

"…그렇다는 건…"

"반쪽짜리 치료제였어요. 감염자들은 더 지능적으로 변했습니다. 치료된 것처럼 보이지만 식인 성향과 폭력성은 그대로예요. 대신 억누르는 거죠. 마치 다이어트를 하듯이."

난폭 바이러스에 걸리면 뇌가 비활성화돼 단순하게 본능이 시키는 대로 움직였다면, 이젠 두뇌싸움을 할 줄 알았다. 식인하거나 미감염자를 공격하면 군인에게 제압된다는 걸 아니까 참는 것뿐이었다. 표면적으로는 평화를 되찾은 것 같지만 전혀 아니었다.

"언제 터질지 모르는 시한폭탄 같군요…"

"네… 제일 걱정되는 건, 이미 몸의 체계가 변한 후라 치료제를 다시 맞는다고 해도 효과가 있을지 의문입니다. 정부는 당분간 감염자와 공존하기로 했어요. 아직 국민들은 치료제가 완벽하지 않다는 걸 모르거든요."

창문 밖에는 총을 들고 무장한 군인들이 거리를 돌아다니고 있었다. 감염자가 미감염자를 공격하면 바로 총성이 울려 퍼질 것이다. 그리고 치료제를 맞지 않은 감염자였다고 거짓 뉴스를 내서 국민들을 안심시킬 거다.

"앞으로 어떻게 할 건가요?"

"글쎄요. 앞서 투약한 치료제를 무효화하고 바이러스를 박멸할 새로운 약을 개발해야 할 텐데…"

탕! 총소리가 울려 퍼졌다. 창밖을 내려다보니, 감염자가 미감염자에게 달려들다가 총을 맞았다. 미감염자가 어리둥절해 했다. 멀쩡히 대화를 나누다가 돌변하니 상황을 이해하지 못한 것이다. 뭐라 항의를 하기도 전에 군인은 감염자의 시체를 군용 트럭에 실었다.

"…국민들이 언제까지 속아줄까요?"

"…그전에 신약이 개발되어주길 기도해야죠."

해원은 눈앞이 캄캄했다. 잘못된 치료제로 난폭 바이러스는 한 번 더 변이를 일으켰다. 완벽한 치료제를 만들 수 있을까? 자신 없었다.

난폭 바이러스가 발발하기 전과 같은 일상은 더 이상 없다. 불완전한 치료제가 감염자의 몸에서 어떤 반응을 일으킬지 예측도 되지 않았다.

"치료제를 만들지 못한다면요?"

"그래도 인류는 살아남을 거예요. 어떠한 전염병에서도 지금까지 살아남은 것처럼요."

혜미는 담담하게 말했다. 해원은 혼란스러운 눈으로 유리창 밖을 내려다보았다. 상상도 못한 미래가 눈앞에 펼쳐졌다.

▶ 일반 엔딩. 혼란한 세상

88 일상으로 복귀

"제주도와 육지를 잇는 항공과 선박의 운항을 재개하도록 하겠습니다. 일상을 되찾기 위해 헌신해 주신 의료진과 군인과 경찰, 그리고 백신과 치료제 개발에 힘써 주신 보건당국에 감사드립니다."

대통령은 중앙재난안전대책본부와의 공식 회의를 통해 사실상 난폭 바이러스 종식을 선언했다. 정확히 한 달 만에 일어난 일이었다. 난폭 바이러스 종식까지 1년은 걸릴 거라고 전망하던 외신이 놀랄 정도로 빠른 속도였다.

비행기와 배가 운항을 재개하며 제주도에 발이 묶였

던 사람들은 다시 일상으로 돌아갈 준비를 했다. 중원남고 학생들도 비행기에 몸을 싣고 육지로 돌아왔다. 끝나지 않을 것 같았던 끔찍한 수학여행이 마무리되고 있었다.

"조심해."

윤우는 준호의 부축을 받으며 비행기에서 내렸다. 목발이 어색해서 거동이 불편했다. 세형, 강우, 건하는 윤우의 짐을 나눠 들고 따라왔다. 준호는 착잡한 표정으로 윤우의 다리를 내려다보았다.

"…괜찮냐."

"재활을 잘 해봐야지."

윤우는 힘없이 웃었다. 발목 뼈가 부러지고 제때 치료를 받지 못해 후유증이 생겼다. 뼈와 관절이 제대로 붙지 않아 절뚝이며 걷게 된 것이다. 목발이 없이 생활하긴 어려울 거라고 했지만 윤우는 희망의 끈을 놓지 않았다.

"그래. 분명 좋아질 거야."

담당의가 재활을 열심히 하면 지금보다 좋아질 거라고 했다. 준호와 친구들도 용기를 불어 넣어줬다.

출국장으로 나가니, 인파가 구름떼같이 모여있었다.

가족과 애인, 친구, 그리고 기자들까지 인산인해를 이뤘다. 서로 얼싸안고 눈물을 흘리며 다시 만나게 됐음을 기뻐했다.

"윤우야!"

윤우가 고개를 돌리자, 그곳엔 보고 싶었던 부모님이 서 있었다. 윤우의 엄마는 눈물을 글썽거렸다.

"너 다리는…"

이미 병원 연락을 받아서 윤우의 다리 부상에 대해 알고 있었다. 평생 다리를 절뚝거릴 거라는 건 마음 아팠지만, 살아서 돌아온 것에 감사했다.

"돌아와서 다행이다, 다행이야…"

윤우는 부모님의 품 안에 안겨 눈물을 흘렸다. 기다렸던 일상으로 돌아왔다.

* * *

"날씨 좋네."

해원은 연구소 앞 공원 벤치에 앉아 구름 하나 없이 맑은 하늘을 올려다보았다. 난폭 바이러스가 종식된 지 두 달이 지났다. 짧다면 짧은 시간이지만 해원에게 아주 많은 일이 있었다. 절차를 어기고 치료제를 테스트해서 제주도 전역에 난폭 바이러스를 퍼트린 죄로 재판이 시작됐다. 형기도 치료제를 투약하고 바이러스를 박멸했지만 왼쪽 눈의 시력을 잃고, 팔에 영구 장애가 생겨 병원 치료 중에 있었다.

그렇지만 해원은 아직 연구소에서 제명되지 않았다. 난폭 바이러스를 종식시키기 위해 노력한 점, 도주의 우려가 없고 난폭 바이러스에 대응할 수 있는 유일한 연구원이라고 인정받아 연구를 지속하도록 한 것이다. 물론 언제까지 연구를 할 수 있을지 모르지만 소홀히 할 수 없었다. 난폭 바이러스는 변이에 변이를 거듭했고, 이에 대응할 수 있는 신약을 지속적으로 개발하는 것만이 유일한 속죄였다.

"오늘도 여기 있네요."

누군가 해원의 옆자리에 앉았다. 굳이 고개를 돌려서 확인하지 않아도 알았다.

"경비 안 하고 또 땡땡이치는 거예요?"

"땡땡이라뇨. 보장받은 휴식 시간에 나온 건데요."

현진은 너스레를 떨며 캔 음료수를 건넸다. 두 사람은 그날을 기점으로 급속히 가까워졌다. 난폭 바이러스가 종식되고, 국립 바이러스 연구소에서 현진을 다시 만난 해원은 반가워서 눈물까지 글썽거렸다.

"여전히 잠을 못 자나 봐요."

해원의 눈가 아래는 다크서클이 내려앉았다. 창백한 얼굴은 아픈 사람처럼 보였다. 난폭 바이러스가 종식되고 치료제가 보급되었지만 사망하거나 신체에 영구 장애를 입은 사람들이 많았다. 단순히 물린 사람은 상처를 치료받으면 됐지만 뼈가 뒤틀리거나 신체의 일부를 훼손당하면 해결책이 없었다. 하루아침에 장애를 갖고 살게 된 사람들은 괴로워하며 일부는 극단적인 선택까지 했다. 해원은 큰 죄책감을 느꼈다. 공황장애는 더 심해졌고 수면제가 없으면 잠을 이루지 못했다.

"제 업보인걸요."

해원은 이 모든 걸 자신이 감내해야 할 일이라고 생각했다. 아무리 뉘우쳐도 난폭 바이러스로 사망하거나 장애를 입은 사람들에게 용서를 받을 수 없다.

"…그래도 몸을 돌보면서 일해요. 그러다가 또 쓰러져요."

해원은 더욱 열심히 일했다. 차라리 일을 하면 다른 생각이 들지 않아서 마음이 편했다. 밥도 거르고 잠도 자지 않으며 연구에 매진하다 보니, 쓰러져서 구급차에 실려 가는 일이 잦았다. 해원은 아무 말도 하지 않고 눈을 느리게 깜빡였다. 얼굴에는 우울함과 지친 기색이 가득했다. 현진은 그 모습을 조용히 바라봤다.

▶ 일반 엔딩. 지울 수 없는 상처

89 더 나은 미래를 꿈꾸며

"제주도와 육지를 잇는 항공과 선박의 운항을 재개하도록 하겠습니다. 일상을 되찾기 위해 헌신해 주신 의료진과 군인과 경찰, 그리고 백신과 치료제 개발에 힘써 주신 보건당국에 감사드립니다."

대통령은 중앙재난안전대책본부와의 공식 회의를 통해 사실상 난폭 바이러스 종식을 선언했다. 정확히 한 달 만에 일어난 일이었다. 난폭 바이러스 종식까지 1년은 걸릴 거라고 전망하던 외신이 놀랄 정도로 빠른 속도였다.

비행기와 배가 운항을 재개하며 제주도에 발이 묶였

던 사람들은 다시 일상으로 돌아갈 준비를 했다. 중원남고 학생들도 비행기에 몸을 싣고 육지로 돌아왔다. 끝나지 않을 것 같았던 끔찍한 수학여행이 마무리되고 있었다.

"드디어 집에 가는구나."

"이렇게 엄마, 아빠가 보고 싶었던 적은 처음이야."

윤우를 비롯한 친구들은 집에 간다는 사실에 크게 기뻐했다. 비행기에서 내려서 출국장으로 나가니, 인파가 구름떼같이 모여있었다. 가족과 애인, 친구, 그리고 기자들까지 인산인해를 이뤘다. 서로 얼싸안고 눈물을 흘리며 다시 만나게 됐음을 기뻐했다.

"윤우야!"

윤우가 고개를 돌리자, 그곳엔 보고 싶었던 부모님이 서 있었다. 윤우의 엄마는 눈물을 글썽거렸다.

"엄마, 아빠!"

윤우가 부모님에게 달려가 안겼다.

***

"날씨 좋네."

해원은 연구소 앞 공원 벤치에 앉아 구름 하나 없이 맑은 하늘을 올려다보았다. 난폭 바이러스가 종식된 지 두 달이 지났다. 짧다면 짧은 시간이지만 해원에게 아주 많은 일이 있었다. 절차를 어기고 치료제를 테스트해서 제주도 전역에 난폭 바이러스를 퍼트린 죄로 재판이 시작됐다. 형기도 치료제를 투약하고 바이러스를 박멸했지만 왼쪽 눈의 시력을 잃고, 팔에 영구 장애가 생겨 병원 치료 중이었다.

그렇지만 해원은 아직 연구소에서 제명되지 않았다. 난폭 바이러스를 종식시키기 위해 노력한 점, 도주의 우려가 없고 난폭 바이러스에 대응할 수 있는 유일한 연구원이라고 인정받아 연구를 지속하도록 한 것이다. 물론 언제까지 연구를 할 수 있을지 모르지만 소홀히 할 수 없었다. 난폭 바이러스는 변이에 변이를 거듭했고, 이에 대응할 수 있는 신약을 지속적으로 개발하는 것만이 죄책감을 덜 수 있는 유일한 속죄였다.

"오늘도 여기 있네요."

누군가 해원의 옆자리에 앉았다. 굳이 고개를 돌려서 확인하지 않아도 알았다.

"경비 안 하고 또 땡땡이치는 거예요?"

"땡땡이라뇨. 보장받은 휴식 시간에 나온 건데요."

현진은 너스레를 떨며 캔 음료수를 건넸다. 두 사람은 그날을 기점으로 급속히 가까워졌다. 난폭 바이러스가 종식되고, 국립 바이러스 연구소에서 현진을 다시 만난 해원은 반가워서 눈물까지 글썽거렸다.

"흉터는 여전하네요."

해원은 현진의 팔뚝과 목에 난 흉터를 바라봤다. 살점이 뜯겨나가진 않았지만 잇자국 모양대로 움푹 파여 있었다.

"영광의 상처죠. 들었죠? 제가 연구원님은 물론, 학생도 구한 거."

현진은 팔뚝의 흉터를 손으로 쓸어내리며 말했다. 장난치듯이 가볍게 말했지만, 자칫 잘못했으면 죽을 뻔했다.

"전 오히려 난폭 바이러스에 걸린 후 힘이 더 좋아진 것 같아요."

치료제를 투약하고 난 후부터 느꼈지만, 최근 더 확신했다. 헬스장에서 운동을 해도 전보다 더 무거운 중량도 번쩍번쩍 들었다.

"일부 사람들은 난폭 바이러스를 통해 강해진 힘이

치료 후에도 남아있는 경우가 있더라고요. 정확한 이유는 연구를 더 해봐야겠지만, 체질의 차이 같아요. 동일한 용량의 치료제를 투약해도 사람에 따라 반응이 다 다르니까요."

해원은 현진의 케이스를 심도 있게 연구했다. 치료제와 백신에 어떤 후유증이나 부작용이 있을지 아직 결과값이 부족했다.

"다른 후유증은 없어야 할 텐데…"

해원의 표정이 급격히 어두워졌다. 난폭 바이러스는 종식했지만 아직 사건을 수습해야 했다.

"저 때문에 많은 사람들이 죽고 다쳤어요."

일반인들은 난폭 바이러스가 도내에 퍼지게 된 이유에 대해 몰랐다. 대외적으로는 어느 날 갑자기 바이러스가 발생해 많은 감염자가 생겼다고 알렸기 때문이다. 실제 사건의 경위는 비공개 문건으로 작성돼 일부 고위직 공무원들만 확인했다. 사실 관계 확인을 위해 해원은 몇 차례 강도 높은 조사를 받았다.

해원의 눈가 아래에 다크서클이 내려앉았다. 창백한 얼굴은 아픈 사람처럼 보였다. 난폭 바이러스가 종식되고 치료제가 보급되었지만 사망하거나 신체에 영구 장애를 입은 사람들이 많았다. 단순히 물린 사람은 상처를 치료받으면 됐지만 뼈가 뒤틀리거나 신체의 일부를 훼손당하면 해결책이 없었다. 하루아침에 장애를 갖고 살게 된 사람들은 괴로워하며 일부는 극단적인 선택까지 했다. 해원은 큰 죄책감을 느꼈다.

"새로운 연구도 차도가 있다면서요. 해원 씨는 할 수 있는 모든 걸 하고 있는 거예요."

해원은 최근 훼손당한 신체의 일부를 다시 재생시키는 연구를 하고 있었다. 아직 시작하는 단계지만 유의미한 성과를 내면서 국내외 의료계에서 크게 주목받고 있었다.

"이렇게라도 힘이 되어드리고 싶어요."

해원의 연구 결과는 사람들에게 큰 희망이 됐다. 신체 재생 연구를 성공해 많은 사람에게 전과 같은 일상을 돌려주고 싶었다.

"해낼 거예요. 석 연구원님은 대단한 사람이니까."

현진의 말은 해원에게 큰 위로가 됐다. 이 사건이 일어나기 전에는 얼굴조차 제대로 알지 못하던 경비원 중 한 명이었다. 이제는 연구소에서 마음을 터놓고 지내는 유일한 사람이 됐다.

"육지로 안 가요? 제주도라면 지긋지긋할 것 같은데. 무섭지 않아요?"

"난폭 바이러스가 종식됐는데 뭐가 무서워서요. 제주도처럼 아름다운 곳이 어디 있다고."

현진은 의자에 몸을 깊이 기대며 대답했다. 고개만 들면 볼 수 있는 파란 하늘과 투명한 바다, 아름다운 풍경은 매연과 미세먼지가 가득한 육지에서 절대 볼 수 없는 것이었다.

"사실 그것보다…"

현진이 장난스러운 미소를 띠며 해원을 바라봤다.

"저 없으면 연구원님이 많이 슬퍼할 것 같아서요."

"…헛소리."

"어? 연구소에서 다시 만났을 때 약간 울먹였잖아요. 내가 봤는데?!"

"제가요? 자의식과잉이네요."

늘 무표정한 해원의 얼굴에 다양한 감정이 드러났다. 부끄러움, 민망함, 쑥스러움 등 흔히 볼 수 없는 표정이 고스란히 드러났다. 현진은 해원의 이러한 모습이 보기 좋아 웃음을 터트렸다. 다시 찾은 소중한 일상이었다.

▶ 찐엔딩, 되찾은 일상

작가의 말

안녕하세요, 이나래입니다. 〈브레이크 아웃〉을 읽어주셔서 감사합니다. 경기도의 지원을 받아서 새로운 스타일의 글을 써봤어요. 덕분에 제주도 출장도 가고 아주 즐거웠던 작업이었답니다.

좀비 아포칼립스물은 한번은 써보고 싶다고 생각했는데 그게 이번이 될 줄은 몰랐어요. 선택에 따라 결말이 달라진다는 거창한(?) 포부 아래 열심히 글을 썼는데요. 원래 남고생들 위주로 스토리를 풀어가려고 했다가 분량 미달과 스토리 전개의 한계가 있어서 연구실 이야기도 추가했습니다. 독자분들이 이야기를 끌어나가는 기분이 들 수 있도록 선택지도 최대한 많이 넣었어요. 수많은 배드엔딩을 뚫고 진엔딩과 일반 엔딩까지 도달하시느라 고생 많으셨습니다.

2025년에 다양한 걸 준비했는데 〈브레이크 아웃〉이 먼저 나오게 됐어요. 아직 보여드리지 못한 것들이(?) 많아서 열심히 작업하도록 하겠습니다. 읽어주셔서 감사합니다.

브레이크 아웃

초판 1쇄 발행 2025년 10월 20일

지은이 이나래
교정 래빗63
디자인 호야양디자인
펴낸곳 미싱링크
출판등록 2023년 3월 15일 제393-2023-000015호
이메일 missing_link1@naver.com

copyright ⓒ 이나래 2025

ISBN 979-11-986481-9-8
잘못 만들어진 책은 구입한 곳에서 교환해드립니다.